蒋勋

著

手帖：南朝岁月

湖南文艺出版社
HUNAN LITERATURE AND ART PUBLISHING HOUSE　博集天卷
CS-BOOKY

著作权合同登记号：图字 18-2024-011

图书在版编目（CIP）数据

手帖：南朝岁月 / 蒋勋著． -- 长沙：湖南文艺出版社，2024.4
ISBN 978-7-5726-1640-2

Ⅰ．①手… Ⅱ．①蒋… Ⅲ．①随笔—作品集—中国—当代 Ⅳ．① I267.1

中国国家版本馆 CIP 数据核字（2024）第 043005 号

上架建议：名家畅销·散文随笔

SHOUTIE: NAN CHAO SUIYUE
手帖：南朝岁月

著　　者：蒋　勋
出 版 人：陈新文
责任编辑：匡杨乐
监　　制：邢越超
策划编辑：王　维
特约编辑：张春萌
营销支持：文刀刀
整体装帧：利　锐
内文排版：百朗文化
出　　版：湖南文艺出版社
　　　　　（长沙市雨花区东二环一段 508 号　邮编：410014）
网　　址：www.hnwy.net
印　　刷：河北鹏润印刷有限公司
经　　销：新华书店
开　　本：875mm×1230mm　1/32
字　　数：140 千字
印　　张：8.25
版　　次：2024 年 4 月第 1 版
印　　次：2024 年 4 月第 1 次印刷
书　　号：ISBN 978-7-5726-1640-2
定　　价：59.80 元

若有质量问题，请致电质量监督电话：010-59096394
团购电话：010-59320018

莼菜鲈鱼

虱目鱼肠

　　刚从上海回来，想念起台南赤崁的虱目鱼肠。如果在台南过夜，我通常一大早会到赤崁楼后面的一家小店吃最新鲜的虱目鱼肠。鱼肠容易腥，稍不新鲜，就难入口。因此一大早，五六点钟，刚捞上来鲜活的虱目鱼，才能吃鱼肠。新剖的鱼肠，经沸水一余，即刻捞起，稍蘸盐酱，入口滑腻幼嫩，像清晨高山森林的空气，潮润有活泼气味，吃过一次，就成为身体里忘不掉的记忆。

　　唐代欧阳询的《张翰帖》里说到大家熟悉的一个人"张翰"——"因见秋风起，乃思吴中菰菜鲈鱼，遂命驾而归"。张翰当时在北方做官，因为秋天，秋风吹起，想起南方故乡的鲈鱼、莼菜羹，因此辞了官职，回到了南方。因为故乡小吃，连官也不做了，张翰的挣扎比较大，我庆幸自己可以随时去台南吃虱目鱼肠。

"莼菜鲈鱼"因为张翰这一段故事成为文化符号，一千多年来，文人做官，一不开心就赋诗高唱"莼菜鲈鱼"。

辛弃疾的句子大家很熟："休说鲈鱼堪脍，尽西风，季鹰归未？"季鹰是张翰的字，他几乎变成汉文学里退隐的共同救赎了。然而，私下里，我宁愿相信那一个秋天，张翰突然辞官回家，真的是因为太想念故乡的小吃。

小吃，比大餐深刻，留在身体里，变成挥之不去的记忆，是可以让人连官都不想做的。做大官，常常就少了与小吃的缘分。

张翰 [1]

张翰出身吴地望族，他的父亲张俨做过吴国的大鸿胪。吴国灭亡，江南许多旧朝的士绅期望跟新的西晋政权合作，纷纷

---

[1] 张翰，字季鹰，西晋吴郡（今苏州）人，富才情，为人舒放不羁，旷达纵酒，时人以魏"竹林七贤"中的阮籍喻之，称其为"江东步兵"。著有《首丘赋》，文多不传。得年五十七。

北上求官，其中包含了陆机、陆云、顾荣、贺循、张翰。他们的时代比王羲之稍早，他们的故事却都一一成为后来南朝王羲之那一代文人的深刻心事。他们的故事留在《世说新语》中，与南朝文人跌宕自负的"手帖"，一同成为江南美丽又感伤的风景。

我喜欢《世说新语》里三段有关张翰的故事——第一段是吴国灭亡不久，南方士族的贺循应西晋新政权征召，北上洛阳担任新职。贺循是浙江绍兴人，北上时经过吴地金阊门，在船上弹琴，张翰在金阊亭上偶然听到极清亮的琴声，因此下至贺循的船上，认识了贺循，两人成为好朋友。

张翰问贺循："要往哪里去？"贺循说："去洛阳担任新职，路过这里。"张翰说："吾亦有事北京。"当时南方人都把北方新政权的京城称为"北京"。

张翰因此即刻搭了贺循的船一起去了京城，连家里的亲人也没有通知。

这段故事收在《世说新语·任诞》一章，似乎是认为张翰跟贺循才初见面就跟着上船走了，连家人也不通知，行为有些放任怪诞吧。

张翰行为的放任怪诞更表现在第二段故事里。

3

莼菜羹、鲈鱼脍

《世说新语·识鉴》一章记录了张翰秋天想念家乡小吃的故事。当时北上的张翰已经在齐王司马冏的幕府里做幕僚，齐王位高权重，野心勃勃，正在权力斗争的核心。那一个秋天，张翰忽然"见秋风起，因思吴中菰菜羹、鲈鱼脍"，感叹地说："人生贵得适意尔，何能羁宦数千里以要名爵！"

人要活得开心，如何能为了权力财富跑到几千里外被官职绑住！张翰因此回家乡了。《世说新语》把这一段故事放在《识鉴》中，因为司马冏不多久兵败被杀，张翰逃过被指为篡逆同党一劫。

《世说新语》这一段故事并不完整，《晋书·文苑传》中有张翰的传，也正是欧阳询《张翰帖》抄录的文本。

当时张翰跟同样来自吴国的同乡顾荣说："天下纷纭，祸难未已。夫有四海之名者，求退良难。吾本山林间人，无望于时。子善以明防前，以智虑后。"

《晋书·张翰传》说得明白，天下纷乱，灾祸接连不断，有名望在外的这些吴国旧士绅一定是新政权笼络的对象。张翰用了四个字"求退良难"，退都退不了，退不好也是要获罪遭难的。"求退良难"令人深思。

《晋书·文苑传》里的句子，欧阳询《张翰帖》中也有脱漏。张翰让顾荣小心，多防备可怕的政治斗争。顾荣很感叹，握着张翰的手——"荣执其手，怆然曰：'吾亦与子采南山蕨，饮三江水耳。'"

顾荣后来并没有福气跟张翰一起退隐，没有福气"采南山蕨，饮三江水"。过不多久，西晋政权因为权力斗争，分崩离析。永嘉之乱中，顾荣回到南方，联合南方吴地士绅豪族，辅佐晋元帝司马睿在南京建立东晋政权。那时候王羲之十多岁，随家人逃难南迁。

顾荣与王羲之的伯父王导是稳定南方政权最关键的人物。顾荣这些南方旧士族，在北方做官，胆战心惊，小心翼翼，在政权斗争的夹缝里求生存，饱受委屈。一旦西晋灭亡，王室南迁，晋元帝也要靠这些士族支持才能稳定朝政。

《世说新语》里有一段故事是耐人寻味的——"元帝始过江"，晋元帝刚在南京称帝，感慨地对辅佐他的顾荣说："寄人国土，心常怀惭。"刚移民到南方的"外省人"皇帝司马睿觉得是"寄人国土"，心里老是怀着惭愧不安。

晋元帝的话也许是一种试探，顾荣历经朝代兴亡，在政权起落中打滚，他的反应是有趣的。他即刻跪下，向晋元帝说："臣闻王者以天下为家……"

5

顾荣讲了一番漂亮的话，安定晋元帝的疑虑。他的这一段故事被放在《言语》一章，《世说新语》认为顾荣言语敏慧得体，我想其实是吴地旧臣长久养成的一种圆融的生存本能吧。

顾荣后来寿终正寝，晋元帝亲自吊唁，备极哀荣。《世说新语》中有关张翰的第三个故事正是发生在顾荣的丧礼上。

顾荣生平好琴，丧礼灵床上，家人放了他平日常用的琴。张翰前往祭吊，直上灵床鼓琴。弹了几曲，抚摸着琴说："顾荣啊，还能听见琴声吗？"大哭，也不问候家属就走了。

张翰的三段故事都像"手帖"，一帖一帖都是南朝岁月的美丽故事。

手帖

魏晋时期，"手帖"是文人之间往来的书信，最初并没有一定具备作为书法范本的功能。

因为王羲之手帖书信里的字体漂亮，在他去世后三百年间，这些简短随意的手帖逐渐被保存珍藏，装裱成册页卷轴，转变成练习书写、欣赏书法的范本，"帖"的内涵才从"书信"扩大为习字的书法范本。

特别是到了唐太宗时代，因为唐太宗对王羲之书帖的爱好收藏，以中央皇室的力量搜求南朝文人手帖，把原来散乱各自独立的手帖编辑在一起，刻石摹拓，广为流传，王羲之手帖和许多南朝手帖成为广大民众学习书写的汉字美学典范，产生《十七帖》一类官方敕定的手帖总集版本，也促使"帖"这个词有了确定的书法楷模的意义。

因为"手帖"意义的改变，原来南朝文人书信的特质消失了。唐代的名帖，像欧阳询的《梦奠帖》《卜商帖》《张翰帖》，都已经不是书信性质的文体，连字体也更倾向端正谨严的楷书，魏晋文人行草书法手帖的烂漫洒脱自在都已不复再见。

欧阳询的书法大家熟悉的多是他的碑拓本，像《九成宫》《化度寺碑》，已经成为汉字文化圈习字的基础范本，也都是楷书。

欧阳询名作，收藏在北京故宫博物院的《张翰帖》《卜商帖》和辽宁省博物馆的《梦奠帖》，其中或有双钩填墨的摹本，但年代都非常早，不会晚过宋代，摹拓很精。《张翰帖》近年在北京故宫博物院展出过，卷尾还有宋徽宗赵佶瘦金体的题跋。

王羲之字体的行草风格与他书写的内容有关，因为是写给朋友的短束、便条，所以率性随意。"行""草"说的是字

7

体，其实也是说一种书信体的自由。《张翰帖》不是书信，是从《晋书·文苑传》的张翰传记中抄录的文字，是严肃性的史传，因此欧阳询的用笔端正严格到有些拘谨，已经不是南朝美学的从容自由了。

《张翰帖》一开始介绍张翰"善属文而纵任不拘"，文学好，为人任性不受拘束。下面就是与顾荣的对话，结尾两行是最美的句子："因见秋风起，乃思吴中菰菜鲈鱼，遂命驾而归。"一向端正严肃的欧阳询，似乎写到这样的句子，也禁不住笔法飞动飘逸了起来。

宋徽宗曾经评论《张翰帖》"笔法险劲，猛锐长驱"。唐高宗也曾经评判过欧阳询的书法"晚年笔力益刚劲，有执法廷争之风。孤峰崛起，四面削成……""猛锐长驱""四面削成""险劲""刚劲"都可以从《张翰帖》的用笔看出。

特意从《晋书·张翰传》里抄出这一段文字，欧阳询与许多初唐文人一样，流露着对南朝手帖时代风流人物的崇敬与向往。然而，南朝毕竟过去了，美丽故事里人物的洒脱自在随大江东去，只有残破漫漶的手帖纸帛上留着一点若有若无的记忆。

后代的人一次一次临摹王羲之南朝手帖，其实不完全是为了书法，也是纪念着南方岁月，纪念着一个时代曾经活出自我的人物，怀念着他们在秋风里想起的故乡小吃吧。

　　每到江南，秋风吹起，我也会想尝一尝滑润的莼菜羹，切得很细的鲈鱼脍，但是都比不上在台南赤崁清晨的虱目鱼肠。

　　收在这本书里的许多篇章在讲"手帖"，在讲一些遥远的南朝故事，但是，我总觉得是在讲自己的时代，讲我身体里忘不掉的虱目鱼肠的记忆。

　　也许哪一个秋天，可以磨墨写一封信告诉朋友：清晨台南赤崁食虱目鱼肠，美味难忘。

　　初安民兄诚挚豪气，有侠士风，他创立《印刻》文学杂志，我心中时时记念着要为他写一辑"南朝故事"。拖延数年，安民不以为忤。改日相约，一起去赤崁尝一次虱目鱼肠。

　　　　　　　　二〇一〇年五月廿四日八里　蒋勋记事

9

因见秋风起，乃思吴中菰菜鲈鱼
欧阳询《张翰帖》

也称《季鹰帖》。行楷。纸本，唐人钩填本，纵25.1厘米，横31.7厘米。共11行，98字。现存藏于北京故宫博物院。

《张翰帖》原属"史事帖"，是欧阳询仅存世四件墨迹之一，十分珍贵。此帖字体修长，笔力劲峻，精神外露，允为欧阳询晚年力作。

欧阳询（557—641年），字信本，潭州临湘（今湖南长沙）人，隋时官太常博士，唐贞观初，封太子率更令，世称"欧阳率更"。询初学二王，不囿于一家，与同代虞世南、褚遂良、薛稷并称"初唐四大书家"。询楷书法度严谨，笔力险峻，世无所匹，此"欧体"被称为唐人楷书第一。年八十五。常见欧书碑刻有《九成宫醴泉铭》《虞恭公碑》《皇甫诞碑》《化度寺碑》等。

目录

第一辑

平复帖

第二辑

万岁
通天帖

手帖　南朝岁月

第三辑

十七帖

手帖 南朝岁月

第一辑

平复帖

火箸画灰——《平复帖》种种

《平复帖》大概是这几年在古文物领域被讨论得最多的一件作品。

《平复帖》唐代就收入内府，宋代被定为是西晋陆机的真迹。北宋大书法家米芾曾经看过，用"火箸画灰"四个字形容《平复帖》秃笔贼毫线条的苍劲枯涩之美。宋徽宗有泥金题签——"晋陆机平复帖"，题签下有双龙小玺，边角有"政和""宣龢"的押印。

《平复帖》在元代的收藏经过不十分清楚。明清时代曾经被韩世能、韩逢禧父子和安仪周、梁清标等人收藏，绫边隔水上都有收藏印记。董其昌在韩世能家看过，也留下跋尾的题识。

乾隆年间收入内府，后赐给皇十一子成亲王永瑆。清末再转入恭王府，流传到溥心畬手上，隔水上也有"溥心畬鉴定书画珍藏印"。溥心畬为了筹亲人的丧葬费，转手卖给张伯驹。1956 年，张伯驹把《平复帖》捐出，收藏于北京故宫博物院。

启功先生释文

《平复帖》是汉代章草向晋代今草过渡的字体，古奥难懂，加上年久斑驳，字迹漫漶，很不容易辨认。启功先生在二十世纪六十年代释读了《平复帖》，虽然还有不同的看法，但目前已成为流传最广泛的释文：

彦先羸瘵，恐难平复。往属初病，虑不止此，此已为庆。

《平复帖》开头一段的释读比较没有歧异。大概是说："彦先"身体衰弱生病，恐怕很难痊愈。初得病时，没有想到会病到这么严重。

"彦先"是信上提到的一个人，自宋以来，也因为这两个字，引出了陆机与《平复帖》的关系，因为陆机有好朋友名叫"彦先"。

麻烦的是，陆机亲近的朋友中有两个都叫"彦先"。一个是顾荣，顾彦先；另一个是贺循，贺彦先。两位都是出身吴国士族，又同时与陆机在西晋做官的朋友。其实继续探索下去，陆机的朋友中可能还不止两个"彦先"。徐邦达先生就认为《平复帖》里的"彦先"是另一个叫"全彦先"的人。这一点早在《昭明文选》李善注里就已经提到。《文选》里有陆机、陆云兄弟为"彦先"写的《赠妇诗》，李善注指出这个"彦先"不是顾荣顾彦先，而是全彦先。

三个"彦先"使探索《平复帖》的线索更为复杂，各家说法不一，一时没有定论。这几年随着《平复帖》2003年在北京展出，2005年在上海展出，讨论的人更多。有人根本否定《平复帖》是陆机所书，大概是以为只依据信里"彦先"两个字，难以断定《平复帖》是陆机真迹，何况"彦先"此人是哪一个"彦先"还不清楚，宁可存疑。

但是各派说法都同意《平复帖》是西晋人墨书真迹，的确比王羲之传世摹本更具断代上的重要性。《平复帖》还是稳坐"墨皇""帖祖"的位置。

启功先生对《平复帖》的释读目前是最被广泛接受的。他解读的"彦先羸瘵，恐难平复"，——因为彦先病重，身体衰弱，正与《晋书·贺循传》里描述的"贺彦先"的身体多病衰弱相似，也自然会使人把彦先定为贺循。

但是《平复帖》里的"彦先"，依据这么一点点联系，就断为"贺循"，当然还会使很多人迷惑。而因此联系上陆机，也一定会让更多人对《平复帖》的真相继续讨论下去。2006年5月的《中国书法》期刊上甚至有人提出——晋代读书人为表示"荣耀祖先"，不少人都取名"彦先"，"彦先"是晋代文人非常普遍的名字。如果此说成立，《平复帖》上的"彦先"就不一定是顾荣或贺循，因此也不一定是陆机的朋友，一千年来定为陆机作品的《平复帖》又重新需要厘清真正的作者，或重新定位为晋代某一佚名文人的手迹了。

"佚名"书画

中国的书画收藏一直习惯把作品归类在名家之下。唐宋以前不落款的书画，陆续被冠上名家的名字。许多幅山水冠上了"范宽""郭熙"，许多幅马，被冠上了"韩幹"，许多幅仕女被冠上了"张萱""周昉"。当然，许多"帖"，就冠上了"王羲之""王献之"。

没有名家名字，似乎就失去了价值，使书画的讨论陷入盲点。连博物馆的收藏都不能还原"不知名""佚名""摹本"的标识，其实使大众一开始就误认了风格，书画的鉴赏可能就越走越远离真相。

许多人知道长期题签标志为王献之的名作《中秋帖》，其实是宋代米芾的临摹本，大家也习以为常把宋米芾的书法风格混淆成王献之，相差六百多年的美学书风也因此越来越难以厘清。

《平复帖》是不是陆机的作品尚在争论中，但是作为西晋人的墨迹是比较确定的结论，至少有了时代的断代意义。

右军之前，元常之后

明代大鉴赏家董其昌在《平复帖》的跋里说："右军以前，元常以后，唯存此数行，为希代宝。""右军"是王羲之，东晋大书法家；"元常"是钟繇，是三国魏的大书法家。董其昌的断代很清楚，认为在三国和东晋之间，就这么几行字迹，代表了西晋书风，赞美为稀世之宝。

其实以近代更精准的说法来看，不仅钟繇的名作《宣示表》不是三国原作，连王羲之传世墨迹也都是唐以后的临摹，要了解晋人墨迹原作的书风，《平复帖》就显得倍加珍贵了。

读帖

一整个夏天我在案上摆着《平复帖》，每天读"帖"数次。读"帖"不是临摹。"临""摹"都是以书法为目的，把前人名家的字迹拿来做学习对象。

我喜欢读"帖"一方面是因为书法，另一方面可能是因为"文体"。"帖"大多是魏晋文人的书信。在三国时，钟繇的《宣示表》《荐季直表》大多还有"文告""奏章"的意义。

《平复帖》以下，"帖"越来越界定成一种文人间往来的书信。王羲之的《姨母帖》是信，《丧乱帖》是信，寥寥二十八个字的《快雪时晴帖》也是信，十二个字的《奉橘帖》更是送橘子给朋友附带的一则短讯便条。

这些书信便条，因为书法之美，流传了下来，成为后世临摹写字的"帖"。然而，"帖"显然也成为一种"文体"。

书信是有书写对象的，并不预期被其他人阅读，也不预期被公开。因此，"帖"的文体保有一定的私密性与随意性。

王羲之的"帖"常常重复出现"奈何奈何"的慨叹，重复出现"不次"这种突然因为情绪波动哽咽停住的"断章"文体。在《古文观止》一类正经八百的文类里看不到"帖"这么私密、随性却又极为贴近真实、率性的文体。

"帖"是魏晋文人没有修饰过的生活细节日记，"帖"不是正襟危坐、装腔作势的朝堂告令，文人从"文以载道"解脱出来，给最亲密的朋友写自己最深的私密心事，因此，书法随意，文体也随意。

因为书信的"私密性"，"帖"的文字也常在可解与不可解之间。我们如果看他人简讯，常常无法判断那几行字传达的意思，虽每个字都懂，但谈的事情不一定能掌握。

《平复帖》当然有同样的文体限制。

"彦先羸瘵，恐难平复。往属初病，虑不止此，此已为庆。"启功的释文到这里都没有争议，但是下面一句——"承使唯男"，缪关富先生的释读是"年既至男"，王振坤先生再修正释读为"年及至男"。

三种不同的解读，不仅是因为草书字体的难懂，不只是因为年代久远导致的残破，也显然牵涉大家对"彦先"这个人的生平资料所知太少。

"承使唯男"，启功的解释是"彦先"虽然病重，还好有儿子继承陪伴。

"年及至男"则是认为"彦先"还在壮年，应该可以无大碍。因为对于"彦先"这个人始终没有真正结论，这两句解读的歧异一时也很难有定论。

《平复帖》一开始提到的"彦先"就有了争议，后面提到的"吴子杨往"就争议更大。

启功认为陆机非常欣赏"杨往"，"威仪详跱，举动成观，自躯体之美也"。缪关富先生的释读刚好相反，认为陆机要杀杨往。

文字的释读，变成依据"帖"上只字片语，弥补扩大历史空白，有点像丹·布朗用一点蛛丝马迹敷衍出一部《达·芬奇密码》小说，《平复帖》近年的争论越来越大，也像一部推理小说。

"帖"中原始字句的暧昧迷离、若即若离，构成读"帖"时一种奇特的魅惑力量。

秃笔贼毫，火箸画灰

我一方面阅读诸家不同说法，但是晨起静坐，还是与《平复帖》素面相见。细看那一张残纸上墨痕斑驳，秃笔，没有婉转纤细的牵丝出锋，没有东晋王羲之书法华丽秀美、飘逸神俊的璀璨光彩。但是《平复帖》顽强劲敛，有一种生命在剧痛中的纠缠扭曲，线条像废弃锈蚀的堡垒的铁丝网，都是苍苦荒凉的记忆。

"秃笔""贼毫"是历来鉴赏者常用来形容《平复帖》的词。"秃笔"是没有笔锋的用旧了的秃头之笔，"秃"是一种"老"。"贼毫"是毛笔笔锋的开叉，分岔的线，撕裂开来，像风中枯絮断枝败叶，仿佛天荒地老，只剩墨痕是凄厉的回声。

也许还是米芾说得好——"火箸画灰"。仅仅四个字，仿佛严寒的冬天，守在火炉边，手里拿着夹火炭的金属筷子（箸），拨着灰，画着灰。死灰上的线条，却都带着火烫的铁箸的温度，《平复帖》把死亡的沉寂幻灭与燃烧的烫热火焰一起写进了书法。

彦先羸瘵，恐难平复
《平复帖》

为西晋陆机所作私人信函；咸信为现存最早的中国古人书法真迹，在书法史上有其重要地位，对研究文字和书法变迁也极富参考价值。

该帖字形介于章草和今草之间，兼有隶书笔意，以秃笔写于麻纸之上，共9行86字，全文如下：

彦先羸瘵，恐难平复。往属初病，虑不止此，此已为庆。承使唯男，幸为复失前忧耳。吴子杨往初来主，吾不能尽。临西复来，威仪详跱。举动成观，自躯体之美也。思识□量之迈前，势所恒有，宜□称之。夏伯荣寇乱之际，闻问不悉。

人恨才少，子患才多
陆机

　　陆机（261—303 年），字士衡，吴郡吴县华亭（今上海市松江区）人，西晋文学家，与弟陆云合称"二陆"。曾历任平原内史（汉置平原郡辖十九县，晋为平原国，诸侯国不设丞相而设内史负责政务）、祭酒、著作郎等职，世称"陆平原"。死于八王之乱，遭夷三族。

　　陆机出身吴中名门，祖父陆逊为三国名将，曾任东吴丞相；父陆抗曾任东吴大司马，领兵与晋羊祜对抗。陆机二十岁时吴亡，与陆云隐退故里，十年闭门勤学。二陆初至晋京洛阳时，谈吐有吴音，颇受时人嘲弄，后名重一时，有"二陆入洛，三张减价"之说（三张指张载、张协和张亢）。

　　陆机被誉为"太康之英"。诗作流传共 104 首，多为乐府和拟古诗。代表作有《猛虎行》《君子行》

《长安有狭邪行》《赴洛道中作》等。赋存27篇，较出色者有《叹逝赋》《漏刻赋》等。散文知名者如《辨亡论》《吊魏武帝文》。其文音律谐美，工对偶、典故，开创了骈文的先河。文学理论方面，著作《文赋》除创作论述外，提出了"诗缘情"之说，开启了中国文学"诗言志"一脉说法。

陆机另有史学著作包括《晋纪》4卷、《洛阳记》1卷，以及未成的《吴书》等。南宋徐民瞻发现遗文10卷，与陆云集合辑为《晋二俊文集》。明朝张溥《汉魏六朝百三家集》中辑有《陆平原集》。

刘勰《文心雕龙·才略篇》评其诗云："陆机才欲窥深，辞务索广，故思能入巧，而不制繁。"明张溥赞曰："北海（孔融）以后，一人而已。"

平复帖——陆机

暑热倦怠，拿出《平复帖》来看。

《平复帖》现存北京故宫博物院，比起王羲之传世的法帖，《平复帖》知道的人相对少很多。这几年《平复帖》展出机会比较多，被选为北京故宫博物院十大镇馆之宝，也引起大陆学界广泛的讨论。

《平复帖》是西晋人的书法，经过六七百年，到了宋代才被定为是西晋著名文人陆机的真迹书信，上面有宋徽宗泥金题签。

如果是陆机真迹，《平复帖》的年代要比王羲之《兰亭序》早五十年，因此，有人推崇《平复帖》为"墨皇"或"帖祖"，也就是被尊奉为文人最早的第一件传世墨迹法帖。

陆机是三国吴郡人。祖父陆逊是著名的大将，后来做了吴国丞相，是三国时代叱咤风云的人物。父亲陆抗也任大司马，掌吴国兵权。

陆机生于公元 261 年，承袭好几代荣华显贵，其家族是南方知名的世家望族。父亲过世时陆机只有十四岁，后来他就和弟弟陆云分领父亲留下的军队，为吴国的牙门将。在史书上，陆机是被当作少年天才看待的。

公元 280 年，吴国被晋司马氏灭亡，西晋一统天下，结束三国时代。陆机当时二十岁，退隐山林，与弟弟陆云读书著述。兄弟二人，武将家庭出身，却以诗赋著名于天下，被称为"二陆"。

西晋立国十年左右，在晋武帝太康十年（289 年），陆机、陆云从南方千里迢迢到京城洛阳。刚到北方，史书上说，陆机因为讲话带南方口音（吴音），还常常被当政的主流北方士族官僚嘲笑。

然而也有人赏识陆机的才华，像著名的学者名臣张华，很推崇南方来的二陆兄弟。当时京城文学界也流传着"二陆入洛，三张减价"的俗语，表示陆机、陆云兄弟进入洛阳，原来活跃于北方文坛的张载、张协、张亢都被比得没有行情了。虽然亡国了，南方文人的文学才气却似乎压倒了北方。

以南方旧政权的后裔士族的身份在北方新政府立足，陆机的抱负似乎不只是文学而已。他结识了成都王司马颖，在大将军府担任平原内史，一个幕僚的职位。

《平复帖》前有"平原内史吴郡陆机士衡书"的题签，士衡是陆机的字，平原内史就是他这时担任的官职。

陆机出身于显宦世家，他的祖父陆逊曾经因为位高权重，晚年被孙权流放逼迫致死。陆机的家庭背景，使他很清楚什么是政治斗争。

以一个亡国的南方士族后裔的身份进入北方朝廷做官，可以想见陆机的处处小心谨慎。偏偏他所处的时代又充满了诡异复杂的政治斗争，也就是大家所熟悉的西晋王朝的"八王之乱"。

八王之乱是西晋皇室骨肉亲族的夺权斗争，从291年闹到306年，十六年间，司马氏相互残杀。陆机当时是成都王司马颖的幕僚，必然卷入斗争之中，在险谲的斗争夹缝之中生存，陆机常常露出他感伤时事、怀想南方故乡的念旧心情。《平复帖》如果是陆机传世墨书真迹，这一封信里透露的讯息也许就联系着那一段吴亡晋立错综复杂的历史故事吧。

"帖"常常使人想到一段长达三百年的魏晋南北朝文人的时代，感伤、放任、洒脱、隐逸。痛战乱流离，生灵涂炭（《丧乱帖》）；伤亲友遽逝（《姨母帖》），频有哀祸（《频有哀祸帖》）；看大雪纷飞后的初晴（《快雪时晴帖》），忙着送三百个未经霜雪的橘子给朋友（《奉橘帖》）……

　　"帖"是文人在乱世里的一些小小记忆，绢帛残纸上墨迹斑斑，好像要顷刻化烟尘而去，却使人阅读后心情难以"平复"。

难起萧墙，骨肉相残
八王之乱

　　西晋时期为争夺中央政权而引发的皇族内战，分封宗室诸王或串联相攻，或轮替篡夺。从元康元年（公元291年）开始到光熙元年末（307年初）结束，历时十六年，导火线是晋惠帝妻贾后贾南风企图引入外戚擅权，却弄巧成拙；最后由东海王司马越迎回惠帝，夺取大权。皇族中参与这场动乱的王不止八个，但以汝南王司马亮、楚王司马玮、赵王司马伦、齐王司马冏、河间王司马颙、成都王司马颖、长沙王司马乂、东海王司马越八王为主，且《晋书》将八王汇入一列传（《列传第二十九》），故史称"八王之乱"。

　　这场动乱从宫廷内权力斗争开始，而后引发战争，参战诸王陆续败亡，祸及社会，也加剧了西晋的统治危机，导致其迅速覆亡，中国北方也进入五胡十六国时期。

陆机——"华亭鹤唳"

《平复帖》是一封信，一开始就提到一个人的名字——"彦先"。"彦先羸瘵，恐难平复。"——"彦先"身体衰弱生病，恐怕很难好起来了。"平复"二字，也就是这卷书帖得名的来源。

宋代定《平复帖》为陆机的作品，大概也依据陆机有几位好朋友的名字都叫"彦先"。读《平复帖》，要确定是不是陆机的真迹，"彦先"两个字变成了关键。

《平复帖》一开头写到的"彦先"首先很容易让人想到陆机诗里常常提到的顾荣——顾彦先。因此，许多人想弄清楚陆机与顾彦先的关系。

翻阅陆机、陆云两兄弟的文集，都有"为顾彦先赠妇"的诗句传世，这里的"顾彦先"就是顾荣，也出身南方名门士族。

顾荣的祖父顾雍也做过吴的丞相，顾、陆两家，世代同朝为官。他们原来就是好朋友，又是同乡。吴亡之后，他们又一起到北方做官。陆机被北方士族嘲笑有南方口音的时候，顾荣一定有感同身受的无奈的边缘感。在北方京城的险恶政治环境里，他们有一样的落寞失意，担惊受怕，有一样的故国之思。他们自然会常常聚在一起，相濡以沫，彼此安慰。

顾彦先想念家乡，想念留在南方多年不见的妻子，陆机、陆云就戏作《赠妇诗》，替彦先寄赠思念的诗句到南方，当然《赠妇诗》同时也寄托潜藏着陆机兄弟自己对故国的乡愁哀思吧。

辞家远行游，悠悠三千里。京洛多风尘，素衣化为缁。

陆机为顾彦先写的《赠妇诗》有耐人寻味的比喻——这个北方洛阳京城，风沙灰尘如此多，穿着白衣服，一下就染黑变脏了。

在北方做官的陆机，诗句里讲的，显然不只是素净的衣服，也是他顿然领悟被政治环境污染了的心境吧。

"游宦久不归，山川修且阔。"陆机的《赠妇诗》开启了晋以后南朝文学表现官场羁绊之苦，向往山林隐逸的美学传统，在漫长的文人书画审美传统里影响深远。

陆机"山川修且阔"的向往并没有完成，赏识他的成都王司马颖讨伐长沙王司马乂的时候，要陆机担任都督职责，统领大军二十余万众。陆机够聪明，知道这二十余万众各有领袖，都不是他一个"南方人"支使得动的。陆机辞都督，司马颖不许。史书上说大军出发那天，风折军旗，出现凶兆。

陆机最终无法指挥各自拥兵的统领，平日忌恨陆机的小人趁此机会落井下石，联署密报陆机谋反。司马颖本来就是疑忌的个性，就下令把陆机和他的两个儿子陆蔚、陆夏在阵前一起诛杀。

陆机遇害时只有四十三岁，他伏诛前叹了一口气说："华亭鹤唳，岂可复闻乎？"最后想念的还是南方故乡羽鹤高亢鸣叫的声音。

陆机死亡的哀伤故事使人在看《平复帖》时平添了许多感伤，仿佛字迹婉转凄厉，都是鹤的哭声。

《平复帖》是汉代章草向晋代今草过渡的书体。字体不容易解读，一直到明代，释读《平复帖》的人寥寥无几，八十几个字能被释读出来的只有十七个字。

二十世纪中期，启功先生阅读原作，做出了最早的完整释读，开启了多位学者对《平复帖》的不同解读的热潮。

一般人最关心的当然还是——信中说的"彦先"，究竟是谁？陆机除了诗中常提到的好友顾荣表字"彦先"之外，还有另一个好友"贺循",名字也叫"彦先",贺彦先。

　　《平复帖》里的"彦先"究竟是哪一个？是顾彦先，顾荣，还是贺彦先，贺循？

愿保金石志，慰妾长饥渴
陆机《为顾彦先赠妇二首》

其一

辞家远行游，悠悠三千里。京洛多风尘，素衣化为缁。

修身悼忧苦，感念同怀子。隆思乱心曲，沉欢滞不起。

欢沉难克兴，心乱谁为理。愿假归鸿翼，翻飞浙江汜。

其二

东南有思妇，长叹充幽闼。借问叹何为，佳人眇天末。

游宦久不归，山川修且阔。形影参商乖，音息旷不达。

离合非有常，譬彼弦与筈。愿保金石志，慰妾长饥渴。

悠悠君行迈，茕茕妾独止
陆云《为顾彦先赠妇往返四首》

其一

我在三川阳，子居五湖阴。山海一何旷，譬彼飞与沉。

目想清惠姿，耳存淑媚音。独寐多远念，寤言抚空衿。

彼美同怀子，非尔谁为心。

其二

悠悠君行迈，茕茕妾独止。山河安可逾，永隔路万里。

京室多妖冶，粲粲都人子。雅步袅纤腰，巧笑发皓齿。

佳丽良可羡，衰贱焉足纪。远蒙眷顾言，衔恩非望始。

其三

翩翩飞蓬征，郁郁寒木荣。游止固殊性，浮沉岂一情。

隆爱结在昔，信誓贯三灵。秉心金石固，岂从时俗倾。

美目逝不顾，纤腰徒盈盈。何用结中款，仰指北辰星。

其四

浮海难为水，游林难为观。容色贵及时，朝华忌日晏。

皎皎彼姝子，灼灼怀春粲。西城善雅舞，总章饶清弹。

鸣簧发丹唇，朱弦绕素腕。轻裾犹电挥，双袂如霞散。

华容溢藻幄，哀响入云汉。知音世所希，非君谁能赞。

弃置北辰星，问此玄龙焕。时暮勿复言，华落理必贱。

会稽鸡

因为启功认为《平复帖》提到的"彦先"是贺循，我就放下帖，找出《晋书》的《贺循传》来看。

《世说新语·言语》一章也有对贺循的一段赞辞——"会稽贺生，体识清远，言行以礼。不徒东南之美，实为海内之秀。"

这一段话没有事件，纯粹只是赞美贺循。贺循家族从汉代就是书香世家，专治礼学，后来迁到浙江会稽山阴，也就是今天的绍兴。喜欢"帖"的人，听到"山阴"，很容易就想到王羲之的《兰亭序》，以及永和九年（353年）那一个春天一群名士在"山阴"的雅集。对喜爱书法的人来说，"山阴"像是"帖"的原乡。

贺循的父亲是贺邵，曾经在吴国做到太子太傅。

《世说新语·政事》一章，提到贺邵做吴郡太守，大概因为不在自己熟悉的环境里做官，刚开始表现得非常低调，每天闷在家里，足不出户。

吴郡是现在的苏州，当地的豪族就很看不起来自浙江绍兴的贺邵。大家似乎看准了贺邵好欺负，就在贺邵门上写了讥笑他的字："会稽鸡，不能啼。"表示来自绍兴的贺邵没有什么本事，是没有啼叫声音的鸡。

北上做官的陆机常常与北方豪族有冲突，但是，从贺邵这一段来看，当时可能不只北方豪族与南方豪族之间有冲突，连吴与浙之间也有矛盾。吴地的豪族如此嘲笑来自浙江的长官，很不给贺邵面子，地方族群意识之严重，相互倾轧挑衅，最终弄到国破家亡。

贺邵被吴郡豪族侮辱了，他不动声色，有一天，走出门，回头看到门上骂他的题句，他就跟仆从要了笔，在"会稽鸡，不能啼"下面接了两句："不可啼，杀吴儿。"

这是贺邵要整顿吴郡的开始，他调查搜罗了当时吴国两大豪族顾姓和陆姓的不法行为。"顾"正是顾荣家族，"陆"就是陆机家族。这些当时江南吴地的豪门，累积世代财富，竟然可以"役使官兵"，连国家军队都听他们指挥。还窝藏逃犯，违法犯纪，完全没有王法。这个被嘲笑为"没有声音"的贺邵一一举发，呈报给朝廷，很多豪门因此获罪下狱。

"悉以事言上，罪者甚众"——一样一样举证给皇帝，许多豪族都被逮捕。《世说新语》很赞扬贺邵这种秉公处理的作为。但是，陆机的父亲陆抗，当时做江陵都督，握有兵权，也是江东豪门的代表，为了维护族群的利益，向皇帝孙皓上表请求，不多久，获罪的豪门就被释放了——"然后得释"。

贺邵在吴郡的改革，因为豪族地方派系干扰，功亏一篑，不多久，吴国就被北方司马氏的晋国灭亡了。

读"帖"的时候常对江左风流人物有向往，如同读《世说新语》常常惋惜江南陆机一类才俊文人的下场。但是，大江东去，历史的确对任何个人都一无惋惜眷恋。

这个曾经力拼豪贵门阀的改革者贺邵，最终没有逃过政治斗争的惨酷。做豫章太守的时候，贺邵被吴国末代昏君孙皓处以酷刑，用烧红的烫烈刀锯锯断头颅而死。这故事使我在看《平复帖》的"彦先羸瘵"四个字时，心里有不能言喻的纠缠。

奉公贞正，亲近所惮
贺邵

　　贺邵（226—275年），字兴伯，会稽山阴人。三国时东吴将领贺齐之孙、贺景之子。吴景帝孙休即位后，由中郎升任散骑中常侍，并出任吴郡太守。吴末帝孙皓（242—284年）在位时，入朝为左典军，后迁任中书令，兼领太子太傅。当时吴主孙皓残暴骄矜，朝政日弊，贺邵上疏直谏，期望孙皓虚心纳谏，远离小人，体恤臣民，节欲勤政等；孙皓却因此深怀忌恨。后来贺邵遭诬告与楼玄"谤毁国事"，于是被斥谴。天册元年（275年），贺邵因病而不能说话，已离职数月，孙皓又思疑他装病，最后更将贺邵加刑至死，并且将其家族流放至临海郡。终年五十岁。

顾荣——"彦先"

由吴入晋,陆机的朋友中其实不止一个"彦先",前面介绍的顾荣,表字彦先,陆机还有一个朋友——贺循,他的字也是"彦先"。他们两人都是陆机的朋友,因此,陆机写信也都有可能提到这同样名字的"彦先"。

大家开始讨论,《平复帖》里的"彦先",究竟是顾荣还是贺循。

《平复帖》开头的"彦先",首先会让人想到顾荣,顾彦先,主要是因为陆机与顾荣关系特别密切。

陆机与顾荣都是南方吴国世家子弟,顾荣的祖父顾雍做过吴的丞相,父亲顾穆是宜都太守。顾荣年轻时也做过吴的黄门侍郎,与陆机一样都是三代显达的吴国旧臣。

因此,在吴国灭亡之后,陆机、陆云兄弟和顾荣同时北上洛阳，被当时人称为"三俊"，代表南方士族与新政权合作的知识分子中的精英吧。

从《晋书·顾荣传》来看，顾荣北上以后，在西晋新政权下做官做得不错，从郎中一路做到尚书郎、太子中舍人、廷尉正。

从《晋书》顾荣的传记里看到他在新政权仕宦的过程，表面上似乎是一帆风顺。但是仔细推敲细节，又觉得毛骨悚然，顾荣其实卷入了非常深的皇室权力斗争之中。

西晋政权皇室为争夺权力，骨肉相残，引起十六年间兄弟叔侄彼此屠杀的八王之乱。而这"八王"几乎都与顾荣有关系。首先，赵王司马伦杀了淮南王司马允，司马允的僚属就交付顾荣审判。司马伦想全部诛杀，顾荣却从宽处理，放了很多无辜者。这件事也许可以解释为顾荣的仁慈，不滥杀无辜，但是也可以解释为南方士族在政治斗争中常常会留许多余地，与北方新政权的严厉残酷不同。司马伦篡位后，顾荣就做了司马伦之子、大将军司马虔的长史，显然顾荣也很受司马伦器重。

不多久，司马伦失败了，顾荣当然被牵连，原来判了死罪，却侥幸脱罪，免除死刑。

新的主政者齐王司马冏掌权，顾荣又被召为司马冏的大司马主簿。司马冏"擅权骄恣"，是一个蛮横暴戾的人。顾荣整天喝酒，他给朋友的信上说"恒虑祸及，见刀与绳，每欲自杀"——做官做到如此提心吊胆，看见刀子、绳子就想自杀，可以想见当时政治环境的险恶。

但是顾荣似乎一路在八王之乱里与险恶擦身而过，他后来做过长沙王司马乂的骠骑将军长史。司马乂失败，他又做成都王司马颖的从事中郎。东海王司马越聚兵徐州，他又被召为军咨祭酒，等于当时军政顾问团的首席。

八王之乱里，顾荣至少跟五个王有君臣关系，还能侥幸活下来，可谓奇迹。八王之乱终于使西晋在政治斗争中耗尽国力。永嘉之乱中，北方游牧民族南下，两京失陷，司马睿欲在南京建立东晋王朝，顾荣又被征召，支持司马睿立足江南，成为支持东晋王朝建国的南方士族的代表之一。

逃亡到江南的东晋元帝，依赖顾荣这一类"本土士族"，稳定了在南方的政权。公元 312 年，顾荣去世，元帝曾亲自祭丧哀悼。

顾荣的一生是魏晋文人在乱世里委曲求全的一个悲哀却又成功的例子。顾荣似乎比他的同乡好友陆机要幸运，也更能在政治夹缝中生存。虽然数次想自杀，却还是得到了善终。看《平复帖》不禁想到陆机一家被杀惨死时，不知顾荣是何等心情。

关于顾荣的丧礼，《晋书·顾荣传》和《世说新语》中记录了一段同样的故事——顾荣平日喜欢弹琴，他死后，家人在灵床上放着他的琴。同乡的张翰来祭悼，大哭，直上灵床弹了好几曲，抚摸着琴说："顾彦先还能听到吗？"又大哭，连丧家也没有招呼就走了。

晋人的"帖"与《世说新语》很像，短，而且没有大事。

每欲自杀，但人不知耳
顾荣

　　顾荣（？—312年），字彦先，西晋吴郡吴县（今江苏苏州）人。出身江南大姓，三国时东吴丞相顾雍之孙，宜都太守顾穆之子。顾荣二十岁即入仕东吴，西晋灭吴后，与陆机、陆云兄弟入洛，号为"三俊"；官拜郎中，后历任尚书郎、太子中舍人、廷尉正等职。八王之乱时期，顾荣竟能先后于其中五王（赵王伦、齐王冏、长沙王乂、成都王颖、东海王越）势大当权时任官，最后更支持渡江移镇江东的晋元帝司马睿（时为琅邪王），又举荐江南一众名士，协助建立东晋。顾荣于任内逝世，司马睿十分哀痛，追赠侍中、骠骑将军、开府仪同三司，谥曰元。后更追封公爵，封食邑。

贺循——"彦先"

启功释读《平复帖》后，认为信中提到的"彦先"不是一般人在陆机诗里熟悉的顾彦先，而是另一个朋友——贺循，贺彦先。

《晋书》的《贺循传》和《顾荣传》在同一卷里，他们也都和陆机一样，属于南方吴国的士族后裔。

贺循家族在汉代就是书香世家，他们是山阴人，原来姓庆，而不姓贺，世代治学，传述《礼记》，他们的学派被称为"庆氏学"，是成一家之言的学者世家。为了避汉安帝父亲的名讳，改姓贺。

三国时，贺循曾祖一代就在吴为官，到了他的父亲贺邵，做到中书令，辅佐吴国最后一代皇帝孙皓。孙皓暴虐无道，贺邵直言进谏，遭孙皓忌恨，被用烧红刀锯锯断头颅，酷刑而死。贺循全家被流放海隅，一直到晋灭了吴国，才又迁回山阴老家。

幼年时遭遇如此巨变，贺循其实无意于功名。陆机的父亲陆抗曾经与贺邵同时辅佐孙皓，吴亡之后，陆机在晋王朝为官，因此就举荐了贺循，两人也是世交之谊。

贺循有父亲惨死的阴影，他做官战战兢兢，做不多久就托病辞官。读《晋书·贺循传》，最有印象的就是他好几次的"辞疾去职"，经常假借生病辞职，躲过好几次政治灾难。一直到东晋元帝时代，元帝信赖的南方士族代表顾荣顾彦先去世了，元帝身边最具影响力的接替者就是贺循贺彦先。

有一次晋元帝问起贺循："那个暴虐的孙皓用烧红的锯子锯了谁的头啊？"贺循愣了一下，元帝忽然想起来了说："啊，是你父亲贺邵。"贺循涕泪满面，回答说："父亲遭遇无道，贺循创痛太深，刚才无法回答陛下。"元帝因此觉得惭愧，三天没有出门。

从吴亡、西晋亡，到东晋立国，陆机、顾荣、贺循，这三个南方世家的文人都经历了复杂的政治斗争。看来陆机最有才华，但是也最早惨死，在303年就被司马颖处决，顾荣、贺循都比较懂得韬光养晦，一路险滩急流，却知道避祸躲灾，逢凶化吉，也都安享天年。贺循在大兴二年（319年）去世，卒年六十，丧礼的时候元帝"素服举哀，哭之甚恸"。贺循和顾荣，这两个同名"彦先"的江南文人下场算是幸运的。

《平复帖》里的"彦先"重病，很让陆机担心，如果这个"彦先"真是贺循，他却比陆机多活了十几年。

《晋书·陆机传》最后的"赞"说他"楚才晋用"，说他"神情俊迈，文藻宏丽"，但是看到后面两句"奋力危邦，竭心庸主"，使人不禁苦笑，以陆机的聪明智慧竟然看不出自己"奋力"的是危乱之国，"竭心"的主子竟然如此庸劣。"危邦""庸主"使他终于走向悲惨受辱遭受荼毒的结局。

在晋司马氏一统天下后，江南的文人士族其实命运也都很类似。

陆机的《短歌行》里总是哀叹"来日苦短，去日苦长"，他的悲剧性在诗作里一览无余。

这一群朋友中能逃过时代功名羁绊的是张翰，也就是顾彦先丧礼时在灵床上抚琴痛哭的那位名士。他原来也跟陆机、顾荣在北方做官，因为某一个秋天，秋风吹起，张翰想念起江南家乡的莼菜羹、鲈鱼脍，毅然决然地辞官回南方，他说："人生贵得适意尔，何能羁宦数千里以要名爵！"——人生的珍贵在于做自己喜欢的事，怎么能为了功名，跑到几千里外做官被绑住？

张翰的秋风莼菜羹、鲈鱼脍，虽然是江南小吃，却成为千古以来文人在官场打滚受伤时最深的心灵向往。

陆机、顾荣、贺循、张翰，四个好朋友，能吃到江南秋天莼菜羹、鲈鱼脍美味小吃的，也只有张翰一人而已。

依礼而对，羸疾以辞
贺循

　　贺循（260—319年），字彦先，会稽山阴（今浙江绍兴）人。先人庆普，有所谓"庆氏学"，族高祖庆纯改贺氏，三国时东吴名臣贺邵之后。精礼传，与纪瞻、闵鸿、顾荣、薛兼等齐名，号为"五俊"。举秀才，出为阳羡令。任武康令，政教大行，邻城宗之。任会稽内史期间，开凿西兴运河，自会稽郡城至钱塘江，形成水网。转为军咨祭酒，陆机荐入洛，补太子舍人。多病，患有羸瘵（肺结核）。赵王伦篡位后，转侍御史，不久以疾去职。琅玡王司马睿镇守建邺时，任太常、太子太傅、左光禄大夫等职。官至太史、太常卿。卒赠司空，谥穆。著有《丧服要记》《会稽记》及文集等。

来日苦短，去日苦长
陆机《短歌行》

置酒高堂，悲歌临觞。人寿几何，逝如朝霜。

时无重至，华不再阳。苹以春晖，兰以秋芳。

来日苦短，去日苦长。今我不乐，蟋蟀在房。

乐以会兴，悲以别章。岂曰无感，忧为子忘。

我酒既旨，我肴既臧。短歌有咏，长夜无荒。

晋人残纸

《平复帖》到目前为止，是不是陆机真迹，争议很大。但是大多学者都不反对是西晋文人的书信作品。《平复帖》的确开启了汉字书写里"帖"的独特美学传统，因此常被称为"帖祖"。

"帖"是书法，"帖"也是一种文体。"帖"是文人之间问候平安的手札便笺，或探病，或说近况，或哀悼丧亡，或叙述天气季节变化、心情忧喜；"帖"是文人用毛笔在"纸"或"帛"上书写的心事痕迹，没有"文以载道"的沉重压力，"帖"的文体和书法都摆脱了装腔作势的修饰，呈现出文人潇洒自在的随意率性。

"纸""帛"在魏晋之间正式成为文人书写的载体。从秦汉以来就长期使用的"竹简""木牍"都废弃不用了。文人手里的毛笔在滑润轻柔洁白的"纸""帛"上书写，线条优美飘逸，可以产生更多顿、挫、流、动、转、折、轻、重的笔锋变化之美，从中仿佛可以阅读书写者的情绪起伏。

"竹简""木牍"纤维沉重粗糙，毛笔的书写不容易产生速度感，一旦改为在纸帛上书写，汉字就由结构端严的隶书入行草，毛笔笔锋开始追求飞扬灵动、酣畅淋漓的美学表现。

主宰"帖"的发展的也不再是朝廷授命书写的刻板工匠，而是有自我审美意识与创意性情的文人。

这些魏晋时代的文人，游离于社会士、农、工、商阶级之外，他们不参与社会劳动，出身士族书香世家，却又常常与仕宦权力若即若离，有一种旁观者的疏远，在政治动乱斗争的时代造就了一封封"帖"里特别淡然的文体与书风。

晋人在纸上抄写的《三国志》残本，敦煌洞窟发现的《摩诃般若波罗蜜经》，与北凉的《优婆塞戒经》，书体还是标准的汉隶，或隶书意味浓厚的楷书，工整端正，看不到文人的洒脱飘逸。

在西北罗布泊楼兰一带发现的晋人墨书残纸，破碎残断，墨痕漫漶，但是字迹与《平复帖》极为神似，摆脱了汉隶束缚，点画婉转流动，已是两晋文人"帖"的风度神气了。残断的碎纸片上辨认得出一两个句子——"能甚悯悯也"，"缘展怀，所以为叹也"——也与熟悉的晋人的"帖"里的句子如此相似，"惘惘""展怀""为叹"都像是王羲之传世的"帖"里的用语。

与晋人的"帖"有更密切关系的是在新疆发现的《李柏文书》。

李柏是前凉的西域长史，《李柏文书》是他书写的两纸信稿和三十九个残片，现藏日本龙谷大学图书馆。这两纸信稿以日期开头——"五月七日"，书信格式与王羲之的"帖"完全相同。有一说认为李柏这两封信函的书写时间在前凉永乐元年，公元346年，也正是王羲之在南方的东晋书写他的"帖"的同时。《李柏文书》的书法也特别像被认为是王羲之最早书风的《姨母帖》，笔势线条自由，字体略带扁平，横向水平线条粗重拉长，隐约还感觉得到一点点汉隶的影响，但是"帖"的书信文体已经确立了。

李柏到了西域任所，写信报告到达日期，"未知王消息，想国中平安"，隔着千里万里，迢遥山河阻难，一个奉派到边疆荒寒之地的长官在文书里说"想国中平安"，结尾的"李柏顿首顿首"仿佛就有了战乱年代一片残纸上历经风沙岁月的历史沧桑感。

未知王消息，想国中平安
《李柏文书》

　　二十世纪初，中国西北地区出土了数以万计的古代竹木简牍和纸帛文书，在书法史上，《李柏文书》就是其中最具价值和代表意义的作品之一。它出土于新疆，是一封信札的不同草稿，现藏于日本龙谷大学图书馆，两封信函都写于麻纸上，高约23厘米（约相当于晋代一尺），宽分别约为28厘米、39厘米。书写者李柏与王羲之时代相近，大约生活在东晋咸和至永和年间（330—350年），字体基本上属于行书，仍带有明显的隶书笔意。

　　受到当时欧洲人进入西域掠宝的影响，日本人也迫不及待地加入。1909年，日本人橘瑞超进入新疆罗布泊地区，在一座楼兰古城内，盗获《李柏文书》即李柏当时写给焉耆国王等的信函，其中两封是完整的，另有三十九片残片。李柏是五胡十六国时期前凉的西域长史，于公元328年到达此处。《李柏文书》的两封信是李柏出击反叛的高昌戊己校尉赵贞之前，为安抚与高昌邻近的各国而写的。

鬼子敢尔

北方山西出身的王济喜欢吃羊奶酪，南方上海来的陆机想念家乡的莼菜羹加盐豉，似乎只是个人口味不同。但是《世说新语》里有关陆机和北方豪族的交锋不止王济一次，连贯起来看，可能就会发现他们争执的其实不是小吃料理，而是隐藏着北方豪族新贵与南方旧世家文人的龃龉尴尬。

《世说新语·方正》一章记录了一段故事——陆机到了北方，他是吴国旧臣，不到二十岁就统领大军，祖父陆逊、父亲陆抗也都是江东大将名臣，世代在吴国做官，南方没有人不知道陆逊、陆抗家族。吴国灭亡，陆机与弟弟陆云北上求官，心里当然有委屈，他们讲话带南方口音（吴音）都会被北方人嘲笑，远离故乡，寄人篱下，自然也容易过度敏感。

一次在公开宴会的场合，北方豪族出身的尚书郎卢志就触碰了陆机的敏感地带。卢志是北方世家，他的祖父卢毓是三国魏的吏部尚书，他的父亲卢珽是泰山太守。卢家是世代在北方做官的豪门，自然也有一点傲气与霸气。看到刚到北方新政权做官的陆机和陆云，年少有才华，被称为"二俊"，成为北方当时的新闻人物，卢志心里当然嫉妒，找机会就想杀杀这两个南方小子的威风。

有一次，在大庭广众之下，卢志出言不逊地问陆机："陆逊、陆抗是你什么人啊？"魏晋人很忌讳提父祖的名字，在众人间如此不礼貌地直接连名带姓叫出陆机、陆云父亲和祖父的名讳，当然使陆机极为不悦，他认为这是卢志的故意挑衅。陆机个性刚烈，毫不示弱，立刻大声回答卢志："就是你的卢毓、卢珽啊！"

陆机以牙还牙，也让卢志在大众间感受一下父祖被如此提名道姓的羞辱感。

《世说新语》文体写法很委婉，这段故事如果只在这里结束，也只是传达了陆机的刚烈，或者为南方人在北方做官的屈辱感发泄一下闷气而已。

《世说新语》笔锋一转，写到在旁边吓得面无人色的弟弟陆云，大概也是为让读者知道触怒新贵豪族，对一个在北方政权仰人鼻息存活的南方世族文人是多么危险的举动。

陆云个性婉转，也厚道，他从宴会中出来，还是一路跟哥哥解释说："何必这样，也许卢志真的不知道我们父祖是谁啊！"

读到这一段，常会无来由地心酸。在《方正》一章，主角当然是陆机，"方正不阿"，不肯委曲求全，很有悲剧英雄的姿态。陆机正色跟弟弟说："我父祖名播海内，宁有不知？鬼子敢尔！"——我们父亲、祖父名扬海内，怎么会有人不知道？这鬼子竟敢如此！

骂得很过瘾，"鬼子"二字原来不是到清末才用来称呼"洋鬼子"或更晚用来称呼"日本鬼子"的。《世说新语》隔了很远，到后面一章《尤悔》，才轻描淡写地提到陆机以后被杀，进谗言的人正是这个"鬼子"卢志。

我的心酸是心痛陆云的角色，这一段故事结尾，《世说新语》的作者刘义庆甚至借东晋名臣谢安的评定，认为通过这件事可以看出陆机与陆云兄弟的优劣。陆机很"优"，陆云当然就"劣"。

是的，陆云或许胆怯，陆云或许软弱，陆云或许没有哥哥的骨气胆识与英雄姿态。但不多久，陆机兵败，被小人卢志逮到报复的机会，陆机、陆云兄弟和家属子嗣一起被诛杀族灭于荒野。

历史上留下了陆机临刑前想听一听故乡"华亭鹤唳"的悲壮凄厉歌声的故事，陆机到临刑前也还是英姿勃发。但是，读帖的时候，我却想到了陆云，那个一直跟在英雄哥哥身边的少年，个性温和，优雅包容，不知道他在临刑前是不是也有什么没有说出来的心事。

生在己而难长，死因人而易促
陆云

陆云（262—303年），字士龙，吴郡吴县华亭（今上海市松江区）人，西晋文学家，与其兄陆机合称"二陆"。三国时东吴丞相陆逊之孙，大司马陆抗之子。云少聪颖，六岁即能文，被荐举时才十六岁。二陆入洛后一度备受讥嘲，终渐得志，后陆云任吴王司马晏的郎中令，直言敢谏，经常批评吴王的弊政，颇受晏礼遇。先后曾任尚书郎、侍御史、太子中舍人、中书侍郎、清河内史等职，世称"陆清河"。

兄陆机死于"八王之乱"，遭夷三族，陆云因之牵连入狱被戮。得年四十二岁。

陆云文风清新严谨。《晋书·陆云传》载云："所著文章三百四十九篇，又撰《新书》十篇，并行于世。"《隋书·经籍志》亦有《陆云集》十二卷的记载，今均佚。明朝人张溥《汉魏六朝百三家集》中辑有《陆清河集》。

羊酪与莼羹

翻出魏晋人的帖，每天读几幅，一帖简短几行，文字不多，可以反复阅读。王羲之的帖多在三十字上下，《平复帖》长一点，也只有八十几个字。这些简短的书信手札，本身并没有谈太多的事，与家国天下都无关，与历史也无关。

但是读帖有趣，常常在弦外之音，若有若无，若即若离。简单一封书帖，反复看，线索越来越多，很像读《世说新语》，无头无尾，忽然来一段；初看的人常常摸不着头脑，多看几次，许多零散的片段，彼此呼应串联，像玩拼图游戏一样，慢慢拼出一个魏晋时代人与历史的风神笑貌，却比正史还要真实贴切、耐人寻味。

我的住处一直挂着一幅台静农老师隶书的对联——"烂漫晋宋谑，出入仙佛间"。台先生用力于汉《石门颂》摩崖书法甚深，笔势回荡虬结，如古藤攀岩，力度劲敛顽强，常常吸引来小坐的朋友注视。我却喜欢这对联的意思，——喜欢"烂漫"两个字的灿烂却又似乎漫无边际、漫不经心，像春夏时花开"烂漫"，原来没有刻意目的，开成一片，自有一种风景。"晋""宋"是南朝，那个纷乱、充满政治斗争的年代，却有一批文人在烂漫的风景里戏谑笑闹，仿佛拿血泪斑斑的历史事件当下酒的菜，他们的"谑"或者可笑佯狂，却也充满不可知的悲愤、辛酸、惨楚。他们彼此相互戏谑，他们也戏谑世俗，戏谑礼教，戏谑正经八百的知识与权力，戏谑历史，戏谑自以为有价值的生命。他们谈玄，谈虚无，谈生命终极的放任豁达，出入于仙佛之间，不屑也不拘泥于迂腐琐细无生命力的儒教。

因为读帖，帖旁就常常放着《世说新语》，写帖的人的名字，帖里谈到的人的名字，都会在《世说新语》里出现，仍然是若有若无、若即若离。

读《平复帖》，自然会找《世说新语》里有关陆机、陆云兄弟的条目来读。

《世说新语·言语》一章里陆机刚从故乡吴郡华亭（今天的上海市松江区）北上洛阳，拜见当时晋武帝的女婿王济（武子）。王济是当时北方政权的当红人物，又是皇室亲信，见到南方亡了国前来求官的陆机，有点不客气。出身山西晋阳的王济喜欢吃羊奶酪，接见陆机的时候面前摆了大碗羊奶酪，对陆机说："卿江东何以敌此？"——你们南方也有东西比得上奶酪吗？

陆机回答说："南方有千里湖的莼羹，没加咸豆豉（盐豉），就比得上了！"

读《平复帖》的时候翻看这一段，可以会心一笑。

我在法国读书，法国朋友也常自豪于他们上面长有绿色霉苔的羊奶酪，气味如人体隐私处久不洗涤的浓郁臊臭。这东西极贵，主人诚心才拿出来待客，当然不会有当年王济的心思。但是主人问一句"你们那里有这东西吗？"，心里还是会敏感，加上乡愁抑郁，也许就会像陆机一样充满较劲之心地回答说："我们赤崁的虱目鱼肠，不加酱料就比这好吃了。"

也许是亡国北上远离故乡的陆机多心了，王济或许只是诚心待远客，端出了北方最珍贵的羊乳奶酪，却引起了陆机的家国之思。

《世说新语》里常会读到南方文人的感伤，大概也因为那不可言说的感伤，日积月累，形成南方文人性格里一种挥之不去的"谑"的玩世不恭吧。北方豪族的"羊酪"与南方文人的"莼羹"在《世说新语》里交锋了一次，故事被归类在《言语》一门，或许是以为陆机回答得犀利又机智。我想也可能是陆机太想念南方故乡了，我在法国其实很嗜吃羊奶酪，但是乡愁一来，心神彷徨恍惚，味觉记忆里就都是赤崁庙口清晨的虱目鱼肠的味道了。

《平复帖》中也许有陆机魂牵梦系的江东"盐豉"的味道吧！

好采诡谬碎事，以广异闻
《世说新语》

南朝宋刘义庆（403—444年）召集门下食客共同编撰而成。记述东汉末至东晋士人的生活言行和思想，反映当时的社会风貌。全书分上、中、下三卷，依内容分为德行、言语、政事、文学、方正、赏誉等三十六门，始于德行，终于仇隙。每门皆录名人遗闻逸事。全书共一千多则故事，每则文字多寡不同，多简短隽永，长篇数行而尽，短言仅二三十字，皆可吟咏，是魏晋南北朝时期"志人小说"代表作，也可见笔记小说"随手而记"的特性。影响所及，唐时修《晋书》多所采用，引用的三百一十二条约占《世说新语》条目三成，致后世史家常有批评。

刘义庆，彭城（今江苏徐州）人，刘宋宗室，武帝刘裕之侄，长沙王刘道怜子，过继给刘裕另一弟道规，袭封临川王，曾任荆州刺史等官职，在政八年，声绩颇佳。后以病还京，卒年四十二岁。著有《徐州先贤传》，编《幽明录》《宣验记》等，皆已散佚，仅《世说新语》一书传世，并有梁刘孝标注本。

手帖　南朝岁月

第二辑

万岁
通天
帖

姨母帖　初月帖

　　大家都知道唐太宗李世民非常喜欢王羲之的作品，唐太宗的年代距离王羲之已经有三百年。写在纸或绢帛上的墨迹，不容易保存，当时能够看到的王羲之的真迹也已经不多。唐太宗倾全力搜求，把搜求到的王羲之真迹收藏在内府，又命令当时的书法名家临摹王羲之的帖，因此流传至今，许多博物馆收藏的王羲之的字大都是"唐摹本"。

　　王羲之的帖由书法名家"临""摹"。"临"是看着真迹临写；"摹"是把纸蒙在真迹上用淡墨细线勾出轮廓再加以填墨，也叫"双钩填墨"，或"响拓"。

　　"摹本"的忠实度很高，轮廓逼真，但是墨色变化与笔势流动感就不一定能传达出韵味。

　　"临本"是大书法家临写，书法家有自己的个性，也一定会在临写中不知不觉带入自己的书写风格，会失去王羲之真迹风貌。以《兰亭序》来说，欧阳询、褚遂良的"临本"多少都会流露出唐代书风，北京故宫博物院被认为是唐弘文馆拓书人冯承素所摹的"神龙本"，就可能更忠实形似于原作。

唐武则天万岁通天二年（697年），当朝宰相祖籍山东琅邪的王方庆献出他十一代祖王导，十代祖王羲之、王荟，九代祖王献之、王徽之、王珣，一直到他曾祖父王褒，王家一门二十八人的墨迹珍本十卷给武则天。

武则天当时刚颁布了十三个新体汉字，例如"国"写作"圀"，表示拥有"八方"，王方庆呈给武则天的《万岁通天帖》卷末的"上柱圀""开圀男"都用了新体字。

在唐太宗搜罗尽王氏法帖之后，武则天能得到这十卷书法真品，当然喜出望外。她为此特别在武成殿召集群臣，出示书法真迹，并且命中书舍人崔融作《宝章集》，记录这件大事。

武则天虽然如此喜爱这件作品，却没有以帝王的权威将书法占为己有。她命朝廷善书者以双钩填墨法复制摹本，收藏于内府，把王方庆进呈的原件加以装裱锦褚，赐还给王家，并嘱咐王方庆这是祖先手迹，后代子孙应当善加守护珍藏。

武则天的这种做法与唐太宗千方百计要占有《兰亭序》的"萧翼赚兰亭"故事，心胸大为不同。窦臮因此为这件事作《述书赋》，赞美武氏"顺天经而永保先业，从人欲而不顾兼金"。

收在内府的这十卷摹本历经朝代变革，几度经过大火灾劫，到清末只剩一卷，保留了王羲之的《姨母帖》、王徽之的《新月帖》、王荟的《疖肿帖》、王献之的《廿九日帖》、王志的《一日无申帖》等书帖，目前收藏在辽宁省博物馆，称为《万岁通天帖》，一般都认为是了解王羲之一门书法最接近真迹风格的唐摹本。

姨母帖——哀痛摧剥

现存的《万岁通天帖》第一帖就是王羲之的《姨母帖》，——"十一月十三日，羲之顿首顿首。顷遭姨母哀，哀痛摧剥，情不自胜。奈何奈何。因反惨塞，不次。王羲之顿首顿首。"很简短的一封信，除掉前后姓名敬语，总共只有二十几个字。——刚刚得知姨母死去的消息，非常哀痛，仿佛被摧毁剥裂地痛。无法承担的痛苦，无可奈何啊！悲惨哽咽，不说了。——王羲之的帖，对亲人丧亡有痛苦，有感伤，有无可奈何的虚无怅惘。

如果姨母是自然死亡，不知道他会不会用到"哀痛摧剥"这么重的字眼。我有时把《姨母帖》与流传到日本的《丧乱帖》以及《频有哀祸帖》一起对读，发现王羲之的帖呈现了一个迁徙流离的家族在战乱里对生命巨大的幻灭无常之感。

《丧乱帖》讲到的是北方家乡祖坟被刨挖，——"丧乱之极，先墓再离荼毒。追惟酷甚，号慕摧绝，痛贯心肝，痛当奈何，奈何！"天下战乱，生命价值沦丧衰亡到极点，祖先坟墓再一次被毁坏踩躏。想到如此残酷至极的事，痛哭号叫，摧毁绝望，痛到心肝仿佛被贯穿，但是，这么痛，又能如何？无可奈何啊！——王羲之活在一个生命一无价值的战乱年代，无论活着的人，还是死去的人，都一样被踩躏践踏。

"姨母"的死亡，祖坟的被刨挖，简短的书信背后是惨绝人寰的时代悲剧。一连串灾难悲剧的事件，正是《频有哀祸帖》里书写的"频有哀祸，悲摧切割，不能自胜"——不断有哀祸传来，悲哀、摧毁，身体被切割一样地痛，不能承担的痛，王羲之用"摧剥""摧绝""痛贯心肝""切割""惨塞"这些具象又绝对的字眼形容自己对生命的伤痛的感觉，重复用"奈何奈何"诉说心里的虚无幻灭。童年从山东琅琊流亡到南方，王羲之的"帖"透露着战乱流离年代沉重又无力的一声声叹息。

儒家的教养训练要求节制情感，喜怒哀乐不能随意宣泄，即使宣泄，也必须合于节制规则。因此，传统古文典范中不常出现"痛贯心肝"这样直接而具体的句子，王羲之《丧乱帖》里的"痛贯心肝"却使我想起江蕙《酒后的心声》里的"痛入心肝"，民间俚曲或许保留了更多"帖"里鲜活的人性空间。

初月帖——卿佳不？

《万岁通天帖》的第二帖是王羲之草书书写的一封信，开头是"初月"二字，因此被称为《初月帖》。

> 初月十二日，山阴羲之报。
>
> 近欲遣此书，停行无人，不办遣信。
>
> 昨至此，且得去月十六日书，虽远为慰。过嘱，卿佳不？
>
> 吾诸患，殊劣殊劣。
>
> 方涉道忧悴，力不具。羲之报。

——正月十二日，王羲之在浙江山阴回信。

这封信写好，要托人带去。却没有人来往，信送不出去。

昨天才到山阴，收到你上个月十六日的信。离得这么远，收到信，觉得安慰。太过牵挂了。你好吗？我有太多忧患，真不好，真不好！行旅道中，忧愁，心力交瘁。不写了。羲之报告。

王羲之的"帖"如果不是只看书法，可能是非常贴近生活的文体。简洁、干净、直接，与一般古文的修饰造词大不相同。

写信时的王羲之也与写《兰亭序》时的王羲之大不相同。

《兰亭序》是完整的文章体例，有叙事，有写景，有对人生现象的哲学议论。《兰亭序》可以看见作者对文字词汇结构的铺排，有一定的章法，遣词造句讲究，也有思维上的连贯逻辑。

王羲之的"帖"常常是回复朋友的来信，像《初月帖》就很明显。

因为是回信，两个人之间对话的空间，很像今日简讯往来，不但简洁，也往往只在两人之间可以理解。

《初月帖》里的"过嘱"只会在回信中出现。对方很关心王羲之，来信一定嘱咐叮咛了很多事，诸如"保重身体""路上小心安全"等等，王羲之回信才会有"过嘱"——太让对方牵挂了。觉得不安、感谢，觉得让别人操心，因此有"过嘱"两个字。

我喜欢"帖"的文体里这些简单的敬语，文字简单，没有太多意思，却人情厚重。在战乱流离的年代，能够说的也往往只是"卿佳不？"这样一句简单到不能再简单的问候。"卿佳不？""卿佳否？"在今日的简讯中变成"你好吗？"，仍然可能是最动人的句子。

"卿佳不？"使我想起小津安二郎的经典名作《早安》，人生矫情，但到了忧患时，最本质的关心往往也只是一两句平凡简单的问候。"吾诸患，殊劣殊劣。"王羲之的"帖"也从来不遵守儒家的"励志"典范。在亲人不断死亡，故乡祖坟遭涂炭的诸多患难中，王羲之慨叹"奈何奈何"，或者慨叹"殊劣殊劣"，都不是虚伪的"励志"，而是直接书写自己真实的心境。

"殊劣"不常在古文中出现，"劣"在现代汉字中也还用，如"恶劣"。"劣"是"不好"，是"坏"。"殊劣"似乎是心情"太糟糕了"。我读《初月帖》，却看"劣"很久，原来"劣"也只是"少力"，——无力感、疲倦，提不起劲，像"帖"的结尾常常是"力不次""力不感"，大战乱里流离的声音，生命信仰瓦解崩溃的声音，没有任何可以依恃的年代，一封信里的"过嘱"或"卿佳不？"大概是唯一可以传递的信仰吧。

"诸患""忧悴"，笔法里都是墨痕牵丝，连绵不断，如泪闪烁。

王氏家风，漏泄殆尽
《万岁通天帖》

又称《王氏一门法书》。唐代钩填本，王羲之一门书翰。纸本墨迹卷。每帖前多有王方庆小楷书其祖辈名衔。

《石渠宝笈》载：卷高八寸三分，横七尺八寸八分。现存七人书翰十通：一、《姨母帖》王羲之行书；二、《初月帖》王羲之草书；三、《疖肿帖》王荟草书；四、《翁尊体帖》（《尊体安和帖》）王慈草书；五、《新月帖》王徽之行书；六、《廿九日帖》王献之行书；七、《王琰帖》（《在职帖》）王僧虔行书；八、《柏酒帖》王慈草书；九、《汝比帖》王慈草书；十、《一日无申帖》（《喉痛帖》）王志草书。

此卷在宋代已残缺不全，原有书家，如按《旧唐书》所记，应有二十八人（另作三十九人）；并历经两次火灾：明代无锡华中甫真赏斋火灾和乾隆内府乾清宫大火。今卷上尚有火焚痕迹。卷后有南宋岳珂、元代张雨、明代文徵明、董其昌等人题跋，俱称其勾摹精到，"下真迹一等"。现藏辽宁省博物馆。

启功认为传世九件唐摹王羲之帖勾摹最精的是《万岁通天帖》；朱彝尊说它"勾法精妙，锋神毕备，而用墨浓淡，不露纤痕，正如一笔独写"。

右军本清真，潇洒出风尘
王羲之

王羲之（303—361年），东晋书法家，字逸少，号澹斋，为南迁琅邪王氏贵胄，原籍琅邪临沂（今属山东），后迁居会稽山阴（今浙江绍兴），官至右军将军、会稽内史，人称"王右军"；于永和年间（345—356年）称病去职，与文友尽山水之游。早年师承姨母卫夫人，后博采钟繇、张芝等诸家之长，其书多古雅醇美，唐张怀瓘《书断》称他的书法"备精诸体，自成一家法，千变万化，得之神功。自非造化发灵，岂能登峰造极"。王羲之有"书圣"之誉，尤以行楷《兰亭序》最具代表性。

其书法尺牍散见于唐临诸法帖，有《十七帖》及流落日本的《丧乱帖》《孔侍中帖》等名品。亦为知名书家的梁武帝萧衍评其书曰："字势雄逸，如龙跳天门，虎卧凤阙。"王羲之又以爱鹅成癖出名。

王羲之的书法实践，变当时流行的章草为今草、行书、楷书，处于书体转换的关键时期。传至唐太宗时，王羲之书迹尚有三千多卷，入宋时只得一百六十余件，现仅近二十件摹本存世。

疖肿帖　新月帖

疖肿帖

《万岁通天帖》第三帖是王荟的《疖肿帖》。

王荟是王导的第六个儿子，也是最小的一个。他的字是"敬文"，小字"小奴"，他的哥哥王邵叫"大奴"。"小奴"听起来特别像是父亲对幺儿的昵称。魏晋人小名昵称喜欢用"奴"字，南朝宋开国帝王刘裕叫"寄奴"，大富豪石崇叫"齐奴"，王献之叫"官奴"，一直到唐代这习惯还保留，高宗李治小名是"雉奴"。

王荟官至镇军将军，《晋书》有传，但事迹不多，他常被认为淡泊名利，"恬虚守静，不竞荣利"。

《世说新语·雅量》一章讲王荟跟哥哥王邵在桓温家，桓温正下令诛杀收捕庾希一族。王荟觉得心里忐忑不安，走来走去，很想离开。他的哥哥王邵却坐着不动，一直等到收捕的官员衙役回来报告事情处理完了，才从容告别离去。《世说新语》这一段在比较王邵、王荟兄弟器量的优劣，也赞美了王邵比弟弟遇事更镇定的气度。

在连年征战的时代，政治斗争如火如荼，桓温、庾希的权力倾轧，残酷无情。作为当时宰相世家王导的儿子，王邵、王荟大概都被训练到要喜怒不轻易形于色，也把面对任何巨大事件都淡漠无情的反应作为世族子弟"雅量"的测验吧。

我却不以为王荟"雅量"不足，也许作为老幺，被父母长辈宠爱的"小奴"，王荟更多一点人性的温暖。他在残酷的政治斗争前的惴惴不安或许正是他没有完全丧失人性本质的透露吧。

史书上也有一段记载特别说到王荟的善良慈悲——"时年饥粟贵，人多饿死，荟以私米作馆粥，以饴饿者，所济活甚众。"饥荒年月，许多人饿死，王荟以私人的米熬粥赈济，救活了很多人。

也因为史书上这一段故事，我在看《万岁通天帖》时特别注意到王荟的《疖肿帖》。

《疖肿帖》不长，只有二十三个字，但是残破得太厉害，目前可以辨认的只有十五字左右。一开始是"荟顿首"，王荟敬上——与王羲之书帖的习惯一样，是魏晋人写信通用的敬语。第二行比较完整，"为念吾疖肿"，身上长了疖子，肿了。

第三行是"甚无赖，力不次"，这也是王羲之书信里常用的词句。台北故宫博物院的《何如帖》里就有"中冷无赖"的句子。"无赖"在现代语言里像是骂人的话，有点"流氓"的意思。东晋人说自己"无赖"是"百无聊赖"，什么事都不想做。"中冷无赖"更是心中对一切都冷漠，提不起劲，"中冷"是心境荒凉，"无赖"是一切都没有意思。

晋人书帖绝不是儒家的文以载道，在大战乱与荒谬的政治屠杀之中，他们很直白地表达对生命失去了信仰的虚无与幻灭。

"力不次"也是王羲之书信常用的结尾——因为疲倦、无力感，"不想说了"。用"力不次"结尾，下面仍然是敬语"顿首"。

《疖肿帖》是我最常拿出来看的一帖。在残破斑驳的纸上，墨痕如烟，笔势线条从容自在，没有太多技巧的卖弄做作，却于平实中透露了雍容与优雅。轻重跌宕变化，仿佛呼吸，没有一点急促。字与字、行与行的间距虚实留白，疏朗顺畅，如行云流水，毫不费力。看来平凡朴素，却笔笔华丽，字字如珠玉，可见王氏家族子弟最好的教养与品格。

那个在血淋淋的政治斗争里惴惴不安的王荟，那个在大饥荒的岁月里煮粥救活众人的王荟，身上长了疖肿，透过一张残纸上的墨痕，一千六百余年后，仿佛使我也感觉到了他的痛，肉体的痛，心灵的痛。

新月帖

《万岁通天帖》里有王徽之的《新月帖》。

王徽之是王羲之的第五个儿子，他和弟弟王献之都常在《世说新语》中出现。王徽之字子猷，王献之字子敬。《雅量》一章说到一次失火，王徽之急忙走避，连木屐都忘了穿。而王献之"神色恬然"，好像没有事情发生。

《世说新语》产生在重视人品气度的时代，也常常评比人面对危机异变时的反应。这一次火灾，也许因为王献之的"神色恬然"，反衬出了王徽之不够镇定的性格，《世说新语》甚至下了这样的结论："世以此定二王神宇。"

《世说新语》中同一个人在不同条列下其实有不同面貌，

王徽之这一次失火时的慌张，却在《赏誉》一章里有了另一种面目。

王献之写信欣赏哥哥，说王徽之"萧索寡会，遇酒则酣畅忘反，乃自可矜"。王徽之是不喜欢应酬的，但是一有酒，就喝得酣畅忘了回家。我喜欢献之用来形容哥哥的四个字"乃自可矜"，"矜"像是自怜，又有点自负，是"独酌无相亲"的洁癖与浩大的落寞。

《世说新语》里很多次比较徽之、献之兄弟，都以献之为优。但是《品藻》一章讲到二人看《高士传》，献之欣赏"井丹高洁"，徽之觉得"未若长卿慢世"。"长卿"是司马相如，王徽之称赏他的生命态度"慢世"，"慢"可以是"傲慢"，也可以是"不在意"，王徽之对"慢世"的赞誉大概也透露了他内在世界的轻慢世俗吧！

徽之、献之兄弟个性不同，感情却特别好，《世说新语·伤逝》一章，讲到兄弟两人都病了，献之先亡，徽之奔丧，在灵堂上抚弄献之留下的琴，琴弦老调不好，徽之摔了琴，大痛叫道："子敬！子敬！人琴俱亡！"一个多月后徽之也病故了。

《世说新语》中《任诞》《简傲》两章里有好几则关于王徽之的故事，了解王徽之，这几段大概是最主要的资料。《任诞》中有一段讲到他在雍州刺史郗恢家做客，看到一张珍贵的西域羊毛毡，徽之二话不说，也不跟主人报告，就叫人搬回家了。《任诞》自然讲的是狂放荒诞、不合世俗的行为。王徽之的个性在这一段故事中呼之欲出。

《任诞》中另一段故事是大家熟悉的，——王徽之借住别人的空屋，遍种竹子，别人提醒他这不是自己家，也住不久，不用那么麻烦，王徽之指着竹子说了他的名句："何可一日无此君！"

关于王徽之，流传最广的故事是《任诞》中的雪夜访戴——在山阴，一夜大雪，徽之醒了，开窗，喝酒，屋外一片雪白，他吟诵了左思的《招隐诗》，忽然想念起在剡县的好朋友戴安道，因此雇了小船，走了一整夜，天亮到了戴安道门前，他却没有进去，又乘原船回山阴了。有人不解，徽之说："吾本乘兴而行，兴尽而返，何必见戴？"

小时候读这一段不太能理解，也许王徽之的率性，只是那雪夜行舟的自我完成吧，"乘兴而行，兴尽而返"，人生的自我完成，在他人眼中，或许都是荒诞不能理解的行径。

《任诞》中另一段故事也可一读——王徽之船泊沙渚，遇到从岸上经过的以吹笛闻名的桓子野。徽之说："闻君善吹笛，试为我一奏。"桓子野当时也做大官，听说是王徽之，就在岸边吹了三支曲子，吹完就走了。我喜欢故事最后一句——"客主不交一言"，两人除了笛声，没有多交谈一句话。

也许要用"客主不交一言"的方式，重新阅读徽之的《新月帖》。

雨湿热，复何似？

二日告，□氏女新月哀，摧不自胜。奈何奈何！

念痛慕，不可任。得疏，知汝故异恶悬心。

雨湿热，复何似？食不？

吾牵劳并顿，勿复。数日还。

汝比自护。力不具。徽之等书。

《新月帖》很平实安静沉稳，用笔没有王献之《鸭头丸帖》如流云舒卷的飞扬恣肆，甚至也没有《疖肿帖》顾盼生姿佻达的神俊之美。

感觉上，徽之的《新月帖》似乎更遵循父亲王羲之的静穆雍容。

《新月帖》连文字也像王羲之——"摧不自胜，奈何奈何"是王羲之帖里一点也不陌生的句子。某某人家的女儿夭逝，徽之写信谈到自己的心情——"念痛慕，不可任"，仿佛不是对一个女子夭亡的悲哀，而是看到了生命本质上的虚幻，没有什么可以留住，没有什么可以依恃。

"异恶悬心"是那么重的字句，好像被鬼魅噩梦纠缠，心惶惶然悬在空中，落实不下来。

"雨湿热，复何似？"是我喜欢的句子，好像是春夏之交，南方梅雨湿热，郁闷滞塞，有无法形容的沮丧难过。

"食不？"只是"吃了吗"这样的询问，只是对生活里降到最低的存活的询问。王徽之的《新月帖》像十九世纪末波特莱尔的散文诗《巴黎的忧郁》，也像屠格涅夫的小散文诗，文字平凡无奇，却比造作刻意的"诗"更有诗的质素。

"吾牵劳并顿，勿复。数日还。"旅途流浪中困顿劳累，不用回信，几天就回去了。

"汝比自护"，大家多保重，照顾好自己。连最后的"力不具"都和王羲之一样，不想一一多说了。

《新月帖》像这个季节窗外一泓秋水，潺潺湲湲流去，听到的人就记得那安静的声音。

比复何如？中冷无赖
《何如帖》

  王羲之《平安帖》《何如帖》《奉橘帖》三帖今仅传摹本与刻本，摹本藏于台北故宫博物院，三帖连裱为一幅，左下有鉴定签署。

  《何如帖》书体为行书，问候对方并告知自己近况。其中"复"字出现三次，体态尽皆不相同，于书法称"得意忘形"。原文如下：

  羲之白，不审，尊体比复何如？迟复奉告，羲之中冷无赖，寻复白。羲之白。

  《平安帖》书体为行书兼草书，文中所提"修载"为羲之堂兄弟。运笔提按顿挫变化较多，钩、挑、转折间有许多细微巧丽的动作。原文如下：

此粗平安，修载来十余日，诸人近集。存想明日当复悉来，无由同，增慨。

《奉橘帖》亦为行书，奉送友人橘子并附上此简讯。字体大小有丰富变化。原文如下：

奉橘三百枚，霜未降，未可多得。

乘兴而行，兴尽而返
王徽之

王徽之（？—388 年），东晋琅邪临沂（今属山东）人，字子猷，东晋名士、书法家，王羲之第五子。初为桓温参军，官至黄门侍郎。生性高傲，放诞不羁，对公务并不热忱，时常东游西逛，后来索性辞官退居山阴。性好竹，善书画。有《承嫂病不减帖》《新月帖》等传世。

徽之《新月帖》以行楷为主，挥洒自如，笔法多变，妍美流畅。宋《宣和书谱》评其"作字亦自韵胜"。

戴逵（？—396年），字安道，东晋学者、雕塑家和画家，谯郡铚县（今安徽濉溪西南）人，后徙会稽剡县（今浙江嵊州）。反对佛教果报说，著《释疑论》与名僧慧远等辩论；终身不仕。擅画人物（如《竹林七贤图》《孙绰高士图》）、山水、走兽，又作有宗教画并雕铸佛像，亦擅琴。时人称其"词美书精，器度巧绝"。

桓伊，字叔夏，小字子野（一作野王），东晋谯国铚县（今安徽濉溪西南）人，曾任淮南太守、豫州刺史，善吹笛，号称"江左第一"，有"笛圣"之称。相传所用竹笛是汉蔡邕的"柯亭笛"，亦有说琴曲《梅花三弄》即据其笛曲改编。

廿九日帖　柏酒帖　一日无申帖

美，通过朝代兴亡——

现藏辽宁省博物馆的《万岁通天帖》已不完全，此帖卷末有宋代岳珂的跋文，岳珂提到最初王方庆呈献给武则天的家族墨宝一共有十卷，包含王导以下王氏家族一共二十八个人的墨迹。岳珂也特别详细记录在宋代就已经佚失的部分，其中包括十一代祖王导、十代祖王洽、九代祖王珣、八代祖王昙首、七代祖王僧绰、六代祖王仲宝、五代祖王骞，以及王方庆的高祖王规、曾祖王褒，一共九代九个人的作品。

从岳珂的跋文来看，《万岁通天帖》的价值不只在其中有赫赫有名的王羲之、王献之的墨宝，更值得重视的应该是《万岁通天帖》完整呈现了王氏家族从东晋到宋、齐、梁、陈、隋，一直到入唐三四百年间书法风格的演变。王氏一族，人才辈出，可以在如此长的数百年间传承书法，没有中断，或许是阅读《万岁通天帖》时特别应该注意的问题。

东晋建立至唐统一，历经三百多年南北朝分裂。南北朝不只是"五胡乱华"，数百年间，烽烟四起，人命如草，生灵涂炭，正是流离颠沛的年代。在那一时期，朝代兴亡，野心政客彼此争斗，政权迭起，时间都不长久。像萧道成建立的南齐，国祚仅仅二十四年。可以想见那个狼子野心争霸斗胜的年代，信仰道德如何彻底被贬抑嘲笑。一个家族，能够在这样的乱世，经历一切人性的败坏，仍然相信文化是长久可以传承的理想，相信手写的墨迹可以传递美的生命信念，《万岁通天帖》的存在，仿佛是在为"美"做最后的见证。

王氏家族在永嘉之乱中遭遇国破家亡，从北方向南逃难时，房宅、田产，甚至连亲人，一切贵重之物都带不走。据说王导渡江时，袖子中放了一卷钟繇的《宣示帖》。书法史上对这件事津津乐道，以为王氏家族重视书法的证明。但是，王导珍藏在袖子中的，或许并不只是一卷书法名作，还是在大乱来时自己心中笃定的文化信仰。

王羲之在《丧乱帖》中说的"丧乱之极"，并不只是人仰马翻的战乱表象，还是一个时代丧乱到可以刨挖他人祖坟，可以把尸骸满街丢弃，可以随意践踏生命。王羲之"号慕摧绝"，是因为看到人性被彻底摧残。王羲之"痛贯心肝"，是对生命价值彻底的幻灭。面对人性信仰全盘的崩溃瓦解，他不断用"奈何奈何"诉说自己绝望无助的伤痛悲哀。

然而，在那样的年代，一个家族担负起了稳定南方的责任，从王导辅佐东晋王室建国，到下一代，下下一代，在偏安的岁月里，可以受到良好的教育，可以吟诵诗书，可以走在云淡风轻的山水中，可以与亲友徜徉周旋，可以书信往来，可以写出优雅安静的心事，可以相信文化的力量大过于政权，可以通过一次一次朝代兴亡，相信有更长久的东西，因此传承着没有中断的文化理想，传承着生命价值笃定的信念，传承着美，传承着生命之爱。

阅读已经残缺不全的《万岁通天帖》，或许可以对一段颠沛流离的魏晋南北朝的历史有更深刻的领悟。

王献之《廿九日帖》

《万岁通天帖》里有王献之的《廿九日帖》——"廿九日，

献之白。昨遂不奉别，怅恨深。体中复何如？弟甚顿，匆匆不具。献之再拜。"

王献之的书法历来就常被拿来与他的父亲王羲之比较。作为一代书圣的下一代，在书法上的表现，一方面不能不受父亲影响，另一方面，又必须从前人的影响下走出，创立自我风格。大创作者的第二代因此都有不足为外人道的辛苦。

《万岁通天帖》里有王羲之第五子王徽之的《新月帖》，书体与王羲之非常接近，在书法史上，王徽之也不被认为是有独创风格的大书法家。其实以《廿九日帖》来观察，王献之的书风也还没有完全摆脱父亲的影响，安静平和，笔势平稳内敛，不像书法史上说的那样飞扬。

魏晋人喜欢品评人物高下，在《世说新语·品藻》一章中有极好的记载——谢安问王献之：你的书法跟你父亲的比，哪一个好？王献之回答："固当不同。"谢安继续逼问：外人好像不这样看。王献之说："外人那得知！"

王献之的回答完全合于现代美学艺术创作的自我完成。本来父子创作，个人有个人的风格，也难以比高下。王献之不愿意比较自己与父亲的书法的优劣，只是说"不同"，但是当谢安用舆论逼问，抬出"外人"来贬抑王献之时，王献之就不客气地回答："外人那得知！"王献之对自己的创作充满自信，认为艺术创作到了高深处，"外人"哪里能懂，也借此把谢安这一类政治人物的粗暴主观一句话顶了回去。

像谢安一样习惯用第一名、第二名的排序来看艺术创作的人当然不少，唐太宗也是其中之一。他们习惯了政治圈的争强斗胜，习惯用非赢即输来看待人生，在美学宽容的领域里往往就捉襟见肘，少了坦荡自在，也少了宽阔豁达。

王羲之的书法古典、静穆、收敛，以楷行为主，从容潇洒；在王献之的《鸭头丸帖》《新妇地黄汤帖》和米芾临的《中秋帖》中，都看到王献之完全不同于其父亲的风格，笔势变化更多，线条流走速度更快，从行书走向狂草，更多书写上的自由，创立书法史上的"一笔书"，打破独立的字的结构，更重视字与字之间气的流动贯通。王献之的创新性，当时的谢安不了解，约三百年后的唐太宗也不了解。

唐太宗极力赞扬王羲之，贬抑王献之，并没有一定的道理。他全力搜求王羲之的作品，好像是看重美，却流传出"萧翼赚兰亭"这样以诈骗手段霸占《兰亭序》的可笑故事。爱美，结果演变成贪婪，其实可悲。

手上有权力，权力却常常正是执着偏见的开始，也使唐太宗无法同时看到王羲之、王献之的"不同"。"不同"正是美学可贵之处，"美"其实不是辩论，而是一种领悟，一种陶醉，一种欢喜与赞叹。

王献之被唐太宗贬抑，影响初唐一代书法界对献之书的态度，一直到盛中唐，狂草的出现明显祖述王献之书风，走向更重个人表现、更浪漫、更自由挥洒、更恣肆狂放的书风，王献之的美学风格也在长期被忽略之后，在北宋得到了米芾这一真正的知音。

书法史上常常说王羲之"内撅"，王献之"外拓"，很精简的两个美学词，但说得真好。"内撅"是向内收敛，以含蓄为美；"外拓"是向外开展，以奔放为美。两种风格，并无优劣，的确只是"不同"。

王慈、王志

《万岁通天帖》最后收录的王慈、王志的书帖，时间已经到了齐、梁之间。一百年过去，东晋王羲之的书风逐渐被后起的王献之的新书法美学取代。王慈的《柏酒帖》《汝比帖》，王志的《一日无申帖》，笔势外拓开张，线条飞动扬逸，明显是从献之的书风发展出来的新美学，纵肆狂放，意气风发，俊逸洒脱，仿佛顾盼都是深情，与王羲之的静穆内敛截然不同。

萧梁时代陶弘景有一次跟梁武帝讨论书法时就说道："比世皆高尚子敬（献之），……海内非惟不复知有元常（钟繇），于逸少（羲之）亦然。"陶弘景透露了一个时代书风的改变，大家都崇尚遵奉王献之，不再重视魏的钟繇，王羲之也过时了。

陶弘景这一段话也并不是品评优劣，只是陈述时代美学演变的真实现象。

《万岁通天帖》以王慈、王志的书法作为卷末，恰好印证了陶弘景的论述。王慈、王志是亲兄弟，都是王僧虔的儿子。《万岁通天帖》里也收有王僧虔的一幅短小的书牒，因为是呈奏给朝廷的公文，字体恭正，但是唐代张怀瓘的《书断》里也说僧虔书法祖述王献之。

王慈卒年在南齐永明九年（491年）。《南齐书》中有王慈的传，提到他八岁时，江夏王给了他一堆宝物，让他随意拿，王慈只选了一张素琴、一块石砚。王慈一直在官场任职，做到侍中，他的脚不好，齐世祖萧赜特别准许他在皇帝车驾后乘车，王慈的儿子王观后来娶了齐世祖的长女吴县公主。

《柏酒帖》用笔大胆，看《万岁通天帖》看到这里，眼睛一亮，好像忽然打破了拘谨，释放了个人的爱恨情绪，有一种神态的俊傲。

得柏酒等六种，足下出此已久，忽致厚费，深劳念慰，王慈具答。

习惯了王羲之书风的安静稳定，《柏酒帖》忽然仿佛有一种可以撒野的快乐。王慈是羲之第五代族孙，南朝偏安一百余年，在南方长久稳定的家族中年轻一代的子侄，有一种富裕从容，可以这样潇洒自在，随心所欲，活出他们的向往，活出他们的自我。

《一日无申帖》是《万岁通天帖》的压轴之作。比起王慈的书法，弟弟王志的书风更紧敛俊挺，短短一篇书帖，像一瓣一瓣花片绽放，灿烂夺目，他从王献之的书法中得到鼓励，可以更挥洒出生命的青春之美了。

冬日寒凉，拿出《一日无申帖》会特别细读几行字——"正属雨气方昏，得告，深慰。"字与字间许多牵连，是献之"一笔书"的精神。

"吾夜来患喉痛，愦愦！"八个字，线条的爽利速度，变化万千，仿佛千百年前身体上的痛，心境的喟叹，都在纸墨中。

衣冠南渡，五胡乱华
永嘉之乱

西晋自惠帝以降，乱象环生，八王之乱，同室操戈；加以天灾频仍，流民遍地，聚寇暴动，以致全国糜烂，百姓丧亡无数。同时北方诸胡乘机起兵，陆续建立数十个割据政权而与中原对峙，史称"五胡乱华"。"五胡"指匈奴、鲜卑、羯、羌、氐五个游牧部盟，以并州（今属山西）匈奴酋帅刘渊为主，渊于304年自立为汉王，建立汉国（史称前赵）；氐族领袖李雄亦自称成都王，建立成汉。永嘉二年（308年）刘渊称帝。山西、河北诸胡以及汉族群盗，纷纷归附，数月间，众至十万，势力迅速扩大。渊死后，子刘聪继续攻逼洛阳。此时晋朝内讧仍未停止，东海王司马越弑惠帝，立怀帝司马炽，年号永嘉（307—313年）。永嘉五年（311年）刘聪攻陷洛阳，纵兵烧掠，戮王公士民三万余人，掘陵墓，毁宫殿，后掳怀帝而杀之，史称"永嘉之乱"。

怀帝侄子愍帝随即在长安即位。刘聪遣刘曜进攻长安，316年长安城破，愍帝投降，西晋亡。

永嘉之乱后，晋朝中枢倍感内外威胁。建武年间，晋元帝率臣民南渡长江中下游，迁都建康，肇建东晋。这也是中原汉人首次大规模南迁，但由于南迁者以巨室富户为主，故有"衣冠南渡"之谓。

无一点尘土气，无一分桎梏束缚
王献之

王献之（344—386年），字子敬，东晋琅邪临沂人，书法家、诗人，祖籍山东临沂，生于会稽山阴（今浙江绍兴），王羲之第七子。王献之幼从父学书，兼取张芝。书法众体皆精，尤以行、草名世，别创一格，不为其父所囿，影响魏晋以后的今楷、今草、草意"一笔书"代表作《中秋帖》更被列为清内府"三希"之一。献之楷书以《洛神赋》(《十三行》）为代表，行书则以《鸭头丸帖》最著。王献之在书法史上被誉为"小圣"，与其父并称"二王"。曾任州主簿、秘书郎、秘书丞、长史、吴兴太守等职；成为简文帝驸马后，又升任中书令，世称"王大令"，但政绩一般，远不若书名显赫。但由于唐太宗扬羲之而抑献之，也致使其作品未能大量留存。

宽闲墨妙，逸速毫奋
王慈，王志

王慈（451—491 年），字伯宝，琅邪临沂人，南齐名书家王僧虔子，善隶、行书。据考,《万岁通天帖》中无款的《翁尊体帖》《汝比帖》亦为王慈书。

王志（460—513 年），字次道，王慈弟。娶宋孝武帝之女安固公主为妻，被拜为驸马都尉。梁初官散骑常侍、中书令，累官至散骑常侍、金紫光禄大夫。卒谥安。善草、隶，当时更以为楷法。唐《述书赋》卷上称志云："纤薄无滞，过庭益俊。并能宽闲墨妙，逸速毫奋。"

《一日无申帖》又名《喉痛帖》。原文：

一日，无申祇□，正属雨气方昏，得告，深慰。吾夜来患喉痛，愦愦！何□晚当，故造迟叙。诸怀反不□。

十七帖

周抚

《十七帖》在宋代刊刻时，收有二十八件王羲之的信。其中包括《远宦帖》，大多是写给当时在四川做益州刺史的周抚的，算一算，写给周抚的超过二十封。

《十七帖》第一帖是——"十七日先书，郗司马未去，即日得足下书为慰。先书以具示，复数字。"这就是王羲之写给周抚的短信，——十七日王羲之已经写了信给周抚，托妻舅郗昙带去，郗昙还没出发，王羲之又收到周抚的信，可见他们书信往来很频繁。因为王羲之前一封信已经一一回答了周抚的问题，因此这一封信只写了简短的几个字。这封信开头有"十七"两个字，因此被称为《十七帖》，成为王羲之摹刻法帖名称的来源。

《十七帖》唐代摹刻时并没有那么多件，我怀疑有可能是唐太宗完整搜集到当时留在蜀地的一批王羲之写给周抚的信。南北朝三百年，中原战乱，四川相对是比较安定的，王羲之的信帖也可能在周抚家族手上保留得比较齐全。唐代张彦远《法书要录》的《十七帖》后来增补加入了六帖，合成了总共二十八件的王羲之《十七帖》。

周抚在四川做了三十多年的地方官，王羲之对没有去过的蜀地很有兴趣，充满好奇。《十七帖》中有好几封信是询问周抚四川的山川景物、文化产业等等。

《成都城池帖》问的是成都的城门城墙是不是秦代古迹——"往在都，见诸葛颙，曾具问蜀中事。云：成都城池、门屋、楼观，皆是秦时司马错所修，令人远想慨然。为尔不？信具示。为欲广异闻。"王羲之听说远在四川的成都还保留着秦代的城池建筑，他对这么古老的建筑很是向往，特别问周抚是不是真的，很想增广异闻。

王羲之对于蜀地的文化人物历史的向往还表现在《十七帖》的《严君平帖》中——"严君平、司马相如、扬子云皆有后不？"很短的一封信，问起汉代蜀地一些历史名人，很想知道他们在四川还有没有后代。

另外一封《汉时帖》问的是四川汉代的讲堂——"知有汉时讲堂在。是汉何帝时立此？知画三皇五帝以来备有，画又精妙，甚可观也。彼有能画者不？欲因摹取，当可得不？信具告。"王羲之对四川汉代留下来的讲堂很好奇，想知道是汉代哪一位皇帝设立的。又听说讲堂里有三皇五帝以来帝王圣贤的画像，画得很精妙，因此问周抚有没有人能临摹，希望画下来，寄给他看。

蜀地的文化历史常在王羲之的向往中，蜀地的山川自然之奇也让他心驰，《蜀都帖》里谈到他看了周抚对蜀地山水的描述，觉得比扬雄的《蜀都赋》、左思的《三都赋》都还详尽。因此他与周抚约定要一游蜀地，"登汶岭、峨眉而旋，实不朽之盛事。但言此，心以驰于彼矣"。只是构想，还没有行动，已经心魂飞驰到四川了。

王羲之对四川特有的"盐井""火井"也充满兴趣，《盐井帖》中问周抚——"彼盐井、火井皆有不？足下目见不？为欲广异闻，具示！"看来王羲之并不是只读死书的书呆子，他问周抚有没有亲眼看到天然气燃烧的盐井、火井，要周抚详细告诉他真实情况，很有实证的精神。

周抚也常寄送蜀地的特别物产给王羲之，有一次寄的是邛竹手杖，王羲之回信致谢——"去夏，得足下致邛竹杖，皆至。此士人多有尊老者，皆即分布，令知足下远惠之至。"王羲之把四川土产邛竹手杖分给老者，也让大家知道周抚远方寄来的好意。周抚送邛竹杖的事王羲之还在另一封信中提到，——"周益州送此邛竹杖，卿尊长或须，今送。"这是他为了分送竹杖写的短简。

王羲之给周抚的信多是草书，有汉代章草的意味，二人书体自有默契。优美洒脱自在的书法，谈的内容都是家常平凡小事，一问一答，十分亲切，反复阅读，书风文体都有韵味。入秋以来，每日细读一帖，如读秋光。

力屈万夫，韵高千古
《十七帖》

　　《十七帖》是王羲之草书代表作之一，冲融典雅，飘逸浑古，因卷首"十七"二字名之。原墨迹早佚，现传世者为刻本，共录：郗司马、逸民、龙保、丝布衣、积雪凝寒、服食、知足下、瞻近、天鼠膏、朱处仁、邛竹、蜀都、盐井、省别、都邑、严君平、胡母、儿女、谯周、汉时、诸从、成都城池、旃罽、药草、来禽、胡桃、清晏、虞安吉等二十八帖。其中部分手帖有摹本传世，如《远宦帖》等。唐张彦远《法书要录》载有《十七帖》原墨迹情况："贞观中内本也，一百七行，九百四十三字。是烜赫著名帖也。太宗皇帝购求二王书，大王书有三千纸，率以一丈二尺为卷（《十七帖》即其中一卷），取其书迹及言语以类相从缀成卷。"略与今传本帖数、字数相异。唐宋以来，《十七帖》始终是草书的师法标杆，被奉为

"书中之龙"；宋苏轼，元康里子山，明胡正、项元汴、董其昌、王铎等家皆有摹作。此帖据考多为王羲之写给友人益州刺史周抚（293—365年）的书信，书写时间从永和三年到升平五年（347—361年），历十四年之久，信中表达了王羲之对西土山川奇胜的向往，是研究王羲之生平和书法发展的重要资料。

旃罽帖

　　《旃罽帖》在《十七帖》和后来刊刻的《淳化阁帖》里都有，——"得足下旃罽、胡桃，药二种。知足下至。"这是周抚送来了四川土产"旃罽""胡桃"、两种"药"，王羲之收到礼物，回复周抚的一封信。

　　"旃罽"，是一种赤红色的毛毯。"罽"这个字《红楼梦》里用得很多，家里摆设常常铺"罽"，像是戏剧舞台上用的红毯，也铺在床榻椅子上，用以保暖或装饰。周抚在四川，他送王羲之的"旃罽"应该是四川土产，或许是羊毛或牦牛毛材料的。

　　跟红毛毯一起送来的还有胡桃和两种药。因为蜀地特殊的地形，山里有不少特殊植物、矿物，好像至今汉药药材也还以蜀地或藏地出产的为优。信的第二段讲到四川宜宾产的"戎盐"。"戎盐乃要也，是服食所须。知足下谓须服食。""戎盐"

常见于汉药典籍,《本草纲目》里也称"胡盐""青盐",可以泻血热,通便。

"戎盐"是含氯化钠的矿物,结晶体。它是汉药,却也是古代道家炼丹的材料,《抱朴子》和《酉阳杂俎》谈道家炼丹时都谈到"戎盐"。因此王羲之在《旃罽帖》信里谈到的"服食"不是在谈治病的"药",这里的"服食"更接近今天青年们说的"嗑药"。魏晋文人都有服食药物的习惯,《世说新语》里的"五石散"是当时的常见药物,以白、紫两种石英,加上硫黄、石脂、钟乳,配制成"散",服食以后,全身发热,产生不同感觉。

王羲之特别提到"戎盐"与"服食"的关系,显然周抚来信中也谈到最近"服食""戎盐"制丹药的经验。

周抚把"戎盐"从四川带进中原,好像把大麻从荷兰带进中国台湾,只是当年似乎没有海关禁止,"戎盐"也没有被当作"毒品"没收。

王羲之最后还因为服食"戎盐"谈起他与妻舅郗愔所得感觉意见上的不一样。"方回(郗愔)近之,未许吾此志。知我者希,此有成言。无缘见卿,以当一笑。"郗愔是郗鉴的儿子,也是东晋豪门望族。郗鉴找女婿,找到"袒腹东床"的王羲之,这是大家都熟知的"东床快婿"的故事。郗王两家还不止这一次联姻，王羲之的小儿子王献之后来又娶了郗昙的女儿郗道茂，可见两家数代交情之深，郗昙、郗愔兄弟就常在王羲之的帖中出现，连服食药物都彼此交换心得。

郗愔也爱服食丹药，却与王羲之的感觉不一样。王羲之觉得遗憾，只好用大家常用的"知我者希（稀）"来调侃自己。服食药物本来是追求个人非常细致的官能探险，王羲之也不会执着要求郗愔一定要有与他一样的反应。

周抚从四川来了，带了礼物送给王羲之。王羲之却没有见到他，"无缘见卿，以当一笑"。

我喜欢这封信的结尾，八个字，却是如此洒脱的魏晋人的风度。生命中有无法如愿的事，有怅惘，有遗憾，但是，收到礼物，写一封信回复，虽然见不到面，却可以"以当一笑"。如此淡然，没有粘黏。船过，自然水都无痕。喜悦或忧伤，也只是我们自己牵挂多事。

因为这秋季的风，因为风行走在河面上一波一波光的足迹，因为潮来潮去，鹭鸶在河岸踱步觅食，招潮蟹惊慌四处奔逃流窜。我看《旃厨帖》，好像秋日晴空一丝流云，可牵可挂，可卷可舒，也可以散到无影无踪，只是我自己记忆里的一点执着。

《十七帖》里还有一封向周抚提到"药草"的信，就叫《药草帖》——"彼所须此药草，可示，当致。"你需要这里的药，写下来，我帮你找。只有十个字的一封短信，简直像药物密码。

三希堂

乾隆把王羲之的《快雪时晴帖》、王珣的《伯远帖》、王献之的《中秋帖》——三件他最喜爱的书法收藏在养心殿西暖阁最里面的套间。这个套间因此被他命名为"三希堂",他亲笔御书,题了一个匾,很得意这里收存着三件稀世珍宝。

到北京紫禁城现场看过"三希堂"的朋友都很诧异,"三希堂"名声这么大,实际空间却原来这么小。

元朝的画家倪瓒有书房叫"容膝斋",表示空间小到仅可一人盘坐"容膝"其中。倪瓒只是形容,而且他是文人,书房小也还相称。乾隆是皇帝,在皇宫里搞一个这么小的空间,很令人不解。

我却很喜欢"三希堂"的小。这里本来就是冬天避寒的暖阁。大而无当,不能温暖。而且"三希堂"是暖阁尽头里间最小的一个空间，像一个"窝"。可以想象一个人在寒冬里"窝"在这里有多么温暖舒适与惬意快活。

一个仅容一人拥被围炉的炕床，下面烧了热炕，热乎乎的。一张小案，案上放着三件书卷，尺寸都不大，只有二十几厘米高。拉开来看，字也不多，《快雪时晴帖》只有二十八个字，最长的《伯远帖》也只有四十七个字。随手拿得到，把玩卷收，看一会儿，看累了，靠着锦枕睡去。觉得遥远南朝偏安的闲适自在仿佛就在身边，江左文人谈笑风生的洒脱自在也在身边，乾隆在"三希堂"这小小的"窝"里似乎做了一个荒诞而可爱的南朝的梦。

我觉得历史盛世的君王都常做着南朝的梦，唐太宗一生开疆拓土，最后他的梦却似乎只是在南朝参与一次兰亭暮春的雅集，看"茂林修竹"，听"清流激湍"，玩"流觞曲水"。仿佛因为《兰亭序》，他恍然间觉得忙碌地争权夺利的一生是多么可怜悲哀的一生。

乾隆是清代盛世之君，然而在"三希堂"里，我也才隐约感觉到他不容易透露的遗憾落寞。

托尔斯泰在他著名的小说里很哲学性地询问过："一个人需要多大的空间？"故事讲一个人受国王赏赐，在日落前驱马奔驰，凡跑过的土地都是他的。这个人喜出望外，扬鞭策马，狂奔而去。他为了争取时间，不吃不喝，马没有片刻休息，一直跑到筋疲力尽，倒下死了。这个人在旷野上，看到落日已西斜很多，还想抓住最后的机会，再多占有一些土地，于是自己拼命狂奔起来，一直跑到眼睁睁看着落日快隐没在地平线下，他也终于跑到气竭力尽而死。

日落后人们在草原上找到他的尸休，埋葬他的时候，国王说："一个人需要多大的空间？"

岁末冬寒，走过紫禁城前面的三大殿，虽然真是伟大庄严，但还是让我觉得肃杀阴惨荒凉。而且据说为了防范刺客，三大殿一带都没有树木，寸草不生，光秃秃的，毫无生机，更使人可怜起帝王的非人性生活。

乾隆是盛世之君，不管多么严寒的冬天，他都要一大早盛装坐到如冰窖般的大殿上，上朝办公。寒风呼啸，在大殿上正襟危坐，冷到刺骨，奏事议论又多是钩心斗角的权谋。我想：养心殿这小小的暖阁里的小小的"窝"，真正是乾隆自己的空间了。他把最心爱又不伟大到沉重的三件南朝文人手帖放在身边，好像让自己知道刚才坐在大殿上的皇帝不是真正的自己，现在，回到这小小的"窝"里，在简单安静的手帖旁边，他才回来做自己了。

朋友从南方寄了茶叶来，注明是云南临沧大雪山的大树普洱。以前见到的普洱多是坨茶，团成饼。这一包茶是散茶，一叶一叶的，深褐带赤金色。用沸水冲泡，等一两分钟，透出琥珀的光。不像江南的茶那么清香细嫩的绿，但有老茶大树的朴厚沉拙，觉得要用民间粗陶大碗来喝，这样的喝法，"三希堂"大概也无缘一见。

细看张开的叶片，粗梗还在，一梗两叶，叶片大而完整，壮大扎实，叶缘还见锯齿，很有刚气。

怀抱观古今，深心托豪素
三希堂

　　位于北京故宫养心殿西暖阁，原名温室，后改名三希堂，是清高宗乾隆帝（爱新觉罗·弘历，1711—1799年）的书房，历清数帝至今仍保持原貌。三希堂内仅八平方米，但陈设幽雅古朴，分为南北两间小室，里间窗台置乾隆御用文房用具，其下设一坐炕，上设御座。乾隆御书"三希堂"匾、"怀抱观古今，深心托豪素"对联，以及小室隔扇横楣装裱的《三希堂记》等。

　　"三希"原作二解：一曰"士希贤，贤希圣，圣希天"，即士人希望成为贤人，进而成为圣人、知天之人——有勤奋自勉之意；二曰"珍惜"，古文"希"同"稀"，指的就是乾隆十一年（1746年）起收藏于此的《快雪时晴帖》《中秋帖》和《伯远帖》三件稀世珍宝。至乾隆十五年（1750年）时，收入魏晋至明朝历代名家一百三十余人墨迹三百余件，以及刻石拓本近五百种；乾隆并敕命刊刻为三十二册《三希堂石渠宝笈法帖》，简称《三希堂法帖》。后来"三希"在近代几经颠沛，《中秋帖》和《伯远帖》曾于离宫后数易其主，如今仍藏北京故宫博物院；《快雪时晴帖》则在漂泊过大半个中国之后，落脚于中国台湾，藏于台北故宫博物院。

静佳眠——适得帖

　　在台湾东部一所大学校园驻校，上完课，恰好雨后初晴，从校门口可以眺望到不远处一大片苍翠雄浑的山，山间交错着变灭的云岚。云从山谷里升起，像一朵一朵莲花，升到高处，缓缓四散而去。从校门口左转出去，开车四十分钟，可以过砂卡当、溪畔、宁安，过靳珩桥，到一处我常去的叫布洛湾的平台，有散落在平台间约二十间简单朴素的民宿。忽然觉得应该上山，听雨后千山万壑间的流泉入睡，第二天可以早起看山，因为隔天没有事，可以看一整天的山。

　　上海博物馆新近收到流落到美国的《淳化阁帖》北宋拓本的残卷，其中第六卷有王羲之的《适得帖》，刚好朋友送了一册极精的印本，我就带着《适得帖》上山。

　　入睡前在灯下细看《适得帖》的线条转折，很像云岚的变灭，也像水声，蒙眬间读到"静佳眠"三个字，便在万籁阒寂间睡去。

日出前，山极静寂。天地间一大黑块，棱线起伏，一条充满弹性张力的线，像蹲伏的野兽的背脊，蓄势待发。

真正的寂静，正是蓄势待发。内在没有饱满的生命，内在没有渴望，没有追求，没有要飞扑起来的狂喜，或许是不会懂得什么是真正的寂静的。

忽然想到学生，他们或许应该来这里，看一整天的山，一整天的云。或者，出校门，右转，骑车不到三十分钟，就可以听到七星潭海边拍岸而起惊天动地的海涛的寂静了。

山的棱线背后透露出郁灰沉重的光，好像要努力从封闭的黑暗中挣脱，从死寂里嘶叫出破晓的光。我震慑于"破晓"的"破"这个字的力量，"破"是一种撕裂，从黑暗、死寂、太长久的沉滞中撕破，扯裂，解放出来。一个全新的生命从破开的胞衣母胎里呱呱哭号着诞生。

仿佛听到剧痛里第一声婴啼，如此嘹亮高昂，又如此凄怆大恸。

破晓时山间的婴啼，是群鸟的喧哗。一树一树的鸟声，此起彼落，仿佛配合明度一点一点增强的曙光，喧哗的声音也逐渐扩大。是被晨光吵醒的鸟越来越多了，从低回试探的一两声呢喃啁啾，逐步变成壮阔欢欣的合声呼应，呼应着浩大的黎明之光，仿佛是要呼唤起天地的初始，不得不发自肺腑地大声唱赞。昨天夜里陪伴我入梦的远远近近潺潺湲湲的急湍流泉，水声还在耳边，但是清晨，众鸟喧哗，水流的声音却都升华成山谷下冉冉上升的云岚烟雾，它们不再流荡奔腾在深壑溪谷，却一一幻化成初日里一缕一缕向上升起的云。

"行到水穷处，坐看云起时"，水的穷绝之处，就是云升起的时候，一整天随水行走，走得气喘吁吁，筋疲力尽，才想到可以坐下了，可以躺在一片巨石上看云升起，四野都寂静，片刻就在石上睡着了。

王羲之的《适得帖》中很美的句子在云际回旋——"宅上静佳眠"，躺在巨石上睡，四围都是云起云灭，"静佳眠"三个字也在似睡似醒间。我不知觉，手指在空中旋绕，是法帖里的"静佳眠"三个字的线条。像一根缠绕的藤的须蔓，像一片在风中坠落的秋天的枯叶，像水波在土岸边回旋，像空气里一声叹息的尾音，空中有"静佳眠"，是云岚的舒卷变幻，这三个字原来只是说：这么静，可以睡得很好。

《适得帖》是回答朋友来信："适得书，知足下问。吾欲中冷，甚愦愦。向宅上静佳眠，都不知足下来门，甚无意。恨不暂面。王羲之。"

"中泠"两个字在台北故宫博物院的《何如帖》里也用到，而且是"中泠无赖"，南朝的岁月，王羲之总让人觉得他心中寒冷荒凉，百无聊赖，什么也提不起劲。"中泠"，下面接着"宅上静佳眠"，仿佛一个小院落里白日困睡的画面。"都不知足下来门，甚无意"，朋友来了，到了门口，都不知道，真是好一个"宅上静佳眠"。

　　王羲之的帖，其实是散文诗，往往比有格律的诗句还耐读。

法帖之祖，半壁二王
《淳化阁帖》

又名《淳化秘阁法帖》，简称《阁帖》，共十卷。是中国最早的一部汇集各家书法墨迹的"法帖"，即古代著名书家墨迹经双钩描摹，刻于石板或木板，再拓印装订而成。

北宋淳化三年（992年），太宗赵光义出内府所藏历代墨迹，命翰林侍书王著编次摹刻于禁内，刻于秘阁，共录书家一百零三人，作品四百余篇；后世誉为"中国法帖之冠"和"丛帖始祖"。其中第一卷为历代帝王书，二、三、四卷为历代名臣，五卷是诸家古法帖，六、七、八卷为王羲之书，九、十卷为王献之书。

宋代曾有记载说此帖为枣木板刻（初刻板于宋仁宗庆历年间因宫中失火而焚毁），初拓用"澄心堂纸""李廷珪墨"，然未见此拓本流传。惜因编者王著识鉴不精，致真伪杂糅，错乱失序，然摹勒逼真，先人书法赖以流传，影响极深。

不过因为帖石早佚，摹刻、翻刻甚繁，宋代即有数十套之多，价值亦有落差。以北京故宫博物院藏南宋拓本为例，为白纸挖镶剪方裱本，麻纸乌墨拓，每页尺寸纵25.1厘米，横13.1厘米。每卷末皆有"淳化三年壬辰岁十一月六日奉旨摹勒上石"篆书刻款，已极为完整难得。

《适得帖》又名《适得书帖》收于《阁帖》第六卷，仅五行。

东篱

黄昏在凤林邀朋友吃饭，山坡上的餐厅有庭院，坐在庭院的长木凳上，可以俯瞰山脚下一片田畴。田畴间原来有醒目的绿，稻秧的翠绿，槟榔树的苍绿，各种杂木层次不一的绿。日光斜下去，绿在暮色里淡去，天地一片苍茫，像许多记忆的心事，从热闹彩色沉淀成沉静黑白。

大凡事物从彩色变成黑白以后，仿佛就可以收藏起来了，装了框，挂在墙上，或者夹在相簿里，想起时才去翻一翻。

天色暗去，远近亮起稀疏灯光，餐厅外主人修了园林，原来花木就好，不用费太多心思经营。

我被一株盛开的茶花吸引，穿木屐，走铺石曲径，凑近去看花。

看花时心中一痛，不知道为什么花要开得如此艳。如此艳，惊天动地，却不长久，只是徒然使人伤心。

我思念起往生不久的孟东篱，想为他写《维摩诘经》里的一句话送行——"是身如焰，从渴爱生。"

大学时嗜读老孟翻译的《齐克果日记》《恐惧与颤怖》，连他那时用的笔名"漆木朵"都觉得好。

书房墙上挂着我画的齐克果像，一头蓬乱头发，瘦削长脸，很高的额头，削下去的两颊，尖下巴。特别是一对清澈透明的眼睛，像两颗澄净玻璃珠，冷冷地看着人间。

后来见到老孟，总想起那张像，只是齐克果白，孟东篱黑，齐克果更冷，孟东篱有台湾的热。

我在大学教书，请老孟跟学生谈齐克果，他说："不弄齐克果了。"老孟离开台大教职，在花莲盐寮海边动手搭建茅草屋，实践简朴自然生活。八十年代，台北都会经济繁荣，如火如荼，每个人都活得像热锅上的蚂蚁，乱钻乱窜。老孟带着爱人孩子，丢掉大学教职，远走盐寮，去实践他相信的生活。

他使我看到，真正的"哲学"其实不是"学术"，而是一种生活。老孟是台湾第一个，或许也是唯一一个——在生活里完成自己的哲学家。

我去盐寮找他，下了客运车，往海边走。细雨里有钢琴声，我想是老孟在弹巴哈。顺琴声找去，看到三间草屋，一些旧木料的窗框门框，竹编的墙，屋顶铺茅草，像在兰屿看到的达悟人杆栏式建筑，有很宽的平台，躺在平台上，海就在身边，海涛一波一波地涌动，也像巴哈。

琴声停了，巴哈却没有停。老孟走出来，顾长的身子，一身棉布衣裤，看到我躺在平台上，说："啊，你来了。"

老孟吃素，爱人也吃素。孩子上学，起先吃素，后来老孟觉得孩子应该有自己的选择，我没有问最终是不是也吃素。

自然简朴生活里也有烦恼，老孟说邻居朋友送鸡来，他们不杀生，鸡在海边草丛繁殖下蛋，蛋孵出小鸡，一代一代，鸡越来越多，喂养起来也困难，老孟就在草丛里找蛋，不让蛋孵化。

其实听着海涛，看着海，老孟讲什么我都爱听。关于他寻找蛋的烦恼，理所当然也一定是一个力行哲学的人会遇到的烦恼。

我说："老孟，你留在大学教哲学，就不会有这些烦恼了。"

他在海边劳动晒成红赭色的长脸很美，有一种在自然简朴生活里才会有的清明平和，然而老孟眉心有一纵深褶痕，他的忧愁在眉间根深蒂固，像一朵盛艳之花，知道无常，喜悦微笑也都是忧愁。

我到东海任教，老孟也在东海，不教书，他爱上东海校园，应征做扫地校工。学校不敢聘用，以为老孟别有居心，我知道他只是真心爱校园，真心想扫地。真正的哲学家常常是被一个时代误解的人，庄子活在今天，老婆死了，鼓盆而歌，也还是要被误解吧，但是在大学教庄子哲学则无关痛痒。

我有时带学生去盐寮，跟老孟走走聊聊，学生毕业后，也自己去，知道世界上有一个人是为他自己活着的，虽然来往不频繁，也觉得心安。

魏晋的"帖"，多是生活的轻描淡写，读帖时就思念起孟东篱，像一张彩色褪淡的照片，像黑白，却不是黑白。

是身如焰，从渴爱生
孟东篱

　　孟东篱（1937—2009年），生于河北省定兴县，本名孟祥森，曾以漆木朵为笔名。台大哲学系、辅大哲学研究所毕业，曾任教于台大、世新、花师、东海等大学院校，并曾于东海别墅开设"大度山房"卖书。著译文、史、哲、心理、宗教等书近百本，包括赫塞《流浪者之歌》、梭罗《湖滨散记》等。

　　孟东篱一生力行耕读淡泊，以哲学、生态为主题写作，终以身体去实践人与自然的关系。因向往《湖滨散记》中所描写的生活方式，二十世纪八十年代落脚花莲盐寮海边，离群索居，亲手搭建起数间简易的房屋居住，取名"滨海茅屋"，自给自足，长年茹素，终身实行返璞归真的简朴"爱生"生活——也成为台湾慢活哲学、自然写作与环保运动先驱之一。此时期更取意陶潜诗句，以"孟东篱"为名出版其个人创作，著有散文、哲学论述如《幻日手记》《耶稣之茧》《万蝉集》等，以《滨海茅屋札记》《爱生哲学》《素面相见》等书为最知名。

远宦帖——救命

秋凉的时候河面上起一层雾，初看以为是水汽蒸发的烟云，看久了原来是片片雨丝。很细很细的雨丝，无声无息，在广阔河面上激扬起一阵随风旋转的白蒙蒙的烟雾。

有人说，今年闰五月，入秋早，远处山头也已有白花花丛丛芒草翻起。我拿出宋拓的《十七帖》来看，看到《省别帖》。这个帖也叫《远宦帖》，唐摹本墨迹收在台北故宫博物院，2008年展出过，摹本与刻本对比，虽然出于同一件原作，有些字线条却不完全相同。

看墨迹本的时候没有特别感觉，可能是双钩廓填，按照框框填墨，笔势线条紧张，草书里细线牵丝的部分尤其荏弱，仿佛胆怯，少了自然洒脱。

我特别注意"救命"两个字，细笔婉转，原来应该是极漂亮的两个字，却因为胆怯，线条失去张力。对比手头上海博物馆新近收的《淳化阁帖》，同样"救命"二字，线条的理解不失圆浑，似乎比摹本多了一些心绪上的纠缠。

《远宦帖》是王羲之写给益州刺史周抚的一封信。读王羲之的《十七帖》，对周抚这个人不会陌生。《十七帖》在宋刻本里有二十八封书信，其中绝大部分是王羲之写给周抚的。

周抚是东晋南渡时的重要人物，他曾经是王导的部属，与王家世代有通好之谊，与王羲之也是姻亲。他的妹妹嫁给陶侃的儿子陶瞻，东晋咸和五年（330年），周抚就随陶侃守武昌。不久，周抚调任到四川，永和三年（347年）升任益州刺史，一直到去世（365年），在四川做官前后有三十多年。王羲之在咸和九年（334年）因为参与庾亮的军事，也到了武昌。一般人认为《远宦帖》是这一年后王羲之写给周抚的信，当时周抚已经调任到四川。

《远宦帖》开始说："省别具，足下小大问，为慰。多分张，念足下悬情。"

书信前端"羲之顿首"的敬语在唐代摹刻时删掉了，只保留了信的内文。

"省别具"是在看到周抚的信之后回复的起始语，表示信上的内容都知道了。"省"是"知道"，"具"是一件一件"具全"，这两个字都是王羲之帖里常出现的用语，简洁明了。

"小大问"也常出现在王羲之帖中。我特别喜欢这三个字，周抚写信来，把王家大大小小都问到了，所以王羲之回答说："足下小大问，为慰。"一家大小都被关心到，很觉得安慰。

"多分张，念足下悬情。"朋友分开了，感念周抚还牵挂大家。"悬情"两个字也是工羲之常用的。《十七帖·诸从帖》里讲到堂兄弟王修载在远方，音信全无，也用到"悬情"二字，有"牵挂""悬念"的意思。

下面是："武昌诸子亦多远宦，足下兼怀，并数问不？"当时与王羲之同在武昌的一些朋友庾翼、王胡之、王兴之，周抚一一问到，也都很怀念。王羲之信上回答说："武昌这些朋友也多派驻远处去做官了。"——"远宦"（在远方做官）这两个字也就成为书帖的名称。

《远宦帖》最后谈到妻子生病——"老妇顷疾笃，救命！恒忧虑。"那一年王羲之应该是三十岁上下，却称太太"老妇"，这称谓很像今日粤语的"老公"，与年龄无关，只是亲切的口语吧。

我喜欢"救命"二字，直接，简练。亲人重病，能做的大概也只是"救命"，心里当然"恒忧虑"。

"帖"的动人在"人情之常"，文化被扭曲矫情，还是要回到"帖"的平凡做人。周抚信上最后大概还问了许多人好不好，因此王羲之在《远宦帖》的最后回答说："余粗平安，知足下情至。"

"余粗平安"也常见于王羲之信中，台北故宫博物院藏的《平安帖》一开始就是"此粗平安"。"粗"是"大概"——大概还好。那个战乱偏安的年代，"粗"平安，只是大致还好，不能"细"问。"粗"也许是晋人流离颠沛间退而求平安满足的一点微小心事吧。

寒切帖

天津博物馆收藏的《寒切帖》一直是我很想看原作的一件王羲之唐摹本。王羲之的"帖"都是写给朋友的信。"信"本来没有题目，变成"法帖"之后，为了方便分类记忆，才取了题目篇名。

帖的篇名通常是取自信开头的两个字或四个字，如《丧乱帖》取了开头"丧乱之极"中起首二字，《快雪时晴帖》，也是取起首四字做篇名。

信的开头有很多是年月数字，并不适合做篇名，像《寒切帖》开头是"十一月廿七日羲之报",因此,也有人称为《廿七帖》。但是,以数字开头的信太多,不容易分篇目,有时就从信中选取主要的两个字做篇名,像"远宦"或"寒切"。

"寒切"是"冷极了",书信为了书写精简,创造了非常独特减省的文体。

"寒切"两个字,传达出"寒冷""切骨"。

独立的单字,构成汉字特有的准确又丰富的意象。唐人绝句还有章法格局,把文字放进诗的格律。"寒切"两个字,却并无文法。从词汇逻辑章法里解脱出来,"帖"的体例,在文学史上独树一帜,可惜历来被书法之美掩盖,临摹者多只在意书体形象,忽略了"帖"在文体上的创新性。

"寒切"两个字,从书信上下文里独立出来,像一个晶莹空灵的画面,也像一种寂静至极的心境。

读日本传统俳句,在平假名、片假名间夹着一两个汉字,常常觉得文字的诗意性纯粹而饱满,连最精简的五言绝句也不能企及。

"寒切"两字,用墨书写了,装裱成长轴,挂在和式的玄关僻静空间,盘坐在榻榻米上喝茶的人就有了不同心事。

"寒切"也像禅宗公案语录,僧徒之间问答,各说各话,各人有各人的领悟,各人有各人的执着,空阔清明,不沾滞,不挂碍，所以可以如此精简。

"寒切"两字，独立出来看，其实也像现代诗，却不故作隐晦，平直简白到极致，反而意味无穷。可以是最原本意思的"冷极了"，也可以是读者心中千万种玄想幻化的演绎。

文字还原凝练到最低限，往往也恰恰能够滋生出无穷无尽无边无际的张力。当然王羲之当年写这封信时是不会想那么多的吧！

只是多年以来，我常把"帖"当成日本俳句来读，觉得是一首一首好诗。就像《何如帖》里的"中冷无赖"，心里寒冷，百无聊赖，南朝岁月如斯，可以这样颓放，看花开花落，朝代兴替，却似乎都与自己无关。

《寒切帖》是特别有俳句诗意的一封信。"十一月廿七日羲之报，得十四、十八日二书，知问为慰。"收到对方十四日、十八日两封信，知道对方挂念关心，很安慰。

"寒切，比各佳不？"冷极了，大家都好吗？

"念忧劳，久悬情。"心念忧伤辛劳，长久悬心，踏实不下来。

"吾食至少，劣劣。"我吃得太少，很无力，不好。

"力因谢司马书，不一一。羲之报。"另外有信给谢司马，不细说了。

"谢司马"是谢安，他在东晋升平四年（360年）出任桓温的司马职务。学界对王羲之生卒年有不同看法，但一般认为他逝世于升平五年（361年），因此这封信常被认为是王羲之晚年最后的遗墨。

书法无一丝锋芒，简静沉厚，雍容旷达，墨色淡漠却又丰腴，如烟如雾，虽然是双钩填墨的唐人摹本，却远远超过许多其他仿本，传达出东晋人特有的萧散冲融之美。

在天津如果遇到大雪，"寒切"二字，草体流转，像雪片在飘。映在日光里，烂漫纷飞，像在心中飞扬回荡不去的南朝的记忆。

上虞谢安

王羲之信里提到谢安的不只《寒切帖》，谢安四十岁以前都隐居在浙江上虞东山，没有出来做官。他们之间，彼此来往密切，永和九年，王羲之写《兰亭序》的那一次雅集盛事，谢安也在现场。《世说新语》里关于两人的往来记录很多。《言语》中，有一次谢安很感慨中年"伤于哀乐"的心情，告诉王羲之，每与亲友离别，就有几天不平静。王羲之安慰谢安，认为晚景老年都如此，只有借丝竹音乐陶冶纾解。

有趣的一段记录见于《言语》章——王羲之与谢安一起登上南京城楼。谢安"悠然远想，有高世之志"，很像一名与世无争的隐士。倒是王羲之说了一番教条励志的话，认为应该勠力于复兴王室，认为"虚谈""浮文"都不是"当今所宜"，王羲之是很希望谢安出来从政的。

《世说新语·雅量》里也有一段谈到谢安与孙绰、王羲之等人泛舟海上，风起浪涌，孙、王等人都怕起来，要船夫回航，谢安唱诗吟啸，兴致极高。到后来风急浪猛，大家都叫嚷不安起来，谢安才慢慢说："那么，回航吧！"

《世说新语》处处说谢安个性的沉稳镇定内敛，长期隐居东山，天下人却一直传言——谢安不出来主政，天下苍生不会安定。

王羲之也是极力推谢安出仕的人之一，《世说新语·赏誉》一章中，王羲之跟刘尹说："故当共推安石。"

四十一岁的谢安终于出仕桓温司马的职务，因此《寒切帖》里用到"谢司马"的称谓。

收藏在上海博物馆的王羲之《上虞帖》中也提到了谢安。《上虞帖》书写时间比《寒切帖》早，一般人认为是王羲之的中年草书，与《寒切帖》的用笔不同。《寒切帖》更多了一些沉厚静穆与圆浑。

王羲之写《上虞帖》时，谢安就在上虞东山，但他们没有见到面。

得书知问。吾夜来腹痛，不堪见卿。甚恨。想行复来。
修龄来经日，今在上虞。月末当去。
重熙旦便西，与别，不可言。
不知安所在。未审时意云何，甚令人耿耿。

"修龄"是王胡之，"重熙"是郗昙，都是在《世说新语》里常见到的人物。王羲之当时住在上虞，来来往往的朋友不少。

这封信里提到谢安不知道在哪里，"时意云何"，好像说的也是有关谢安出来主政的事。王羲之对这件事很在意，耿耿于怀，想知道时下一般人的看法。

谢安当时对动荡的东晋时局有巨大的稳定力量，等于一个民调极高的人物，却不出来做官，隐居山林，大家议论纷纷。《世说新语》里有一故事特别有趣——谢安隐居东山，蓄养了一批歌舞伎，皇帝司马昱听到消息，就说："谢安会出来做官了。"司马昱的理由很奇怪，他说："谢安既然能与人同乐，也就不得不与人同忧。"谢安出仕,果然分担了东晋历史上的忧患。他执政期间,确保了东晋的安定,尤其是"淝水之战"一役,以少量兵力阻挡前秦八十余万大军南下,成为历史上的著名战役,也保全稳定了南朝一段长久的偏安局面。

谢安在策划指挥"淝水之战"时有一段大家熟知的故事,《世说新语》将其放在《雅量》一章。淝水之战打得如火如荼的时候,谢安正与人下围棋。前线指挥谢玄派人从战场送快信来。谢安看完信,不说话,仍然慢慢布置棋局。客人急了追问:"淝水的战事如何了?"谢安才说:"子侄辈已经把贼军歼灭了。"好像没事一样。

王羲之年长谢安十余岁,谢安跟王学过书法,他的传世墨迹,有几分酷似王的比较工整的行书。

一代名相在历史战役关头谈笑自若,或许不是军事技术,也不是政治手段,使人怀念起那捻着棋子的手,轻轻把一颗颗棋子放在棋盘上的静定。像拿着毛笔写信给朋友的手,平直点捺,一丝不苟,比战争还多一份慎重。反而面对战争嘶叫喧嚷,可以回来围棋写字,轻松自在,像走在东山云岫烟岚间一个与世无争的人。

但用东山谢安石，为君谈笑静胡沙
谢安

谢安（320—385年），字安石，号东山，东晋政治家、军事家，陈郡阳夏（今河南太康）人，名门之后，少年即负才名。世称谢太傅、谢安石、谢相、谢公。

淝水之战，发生于东晋太元八年（383年），前秦苻坚在统一北方后，挥师南下欲灭东晋，双方交战于淝水（今安徽瓦埠湖一带）。谢安时任宰辅，运筹帷幄，以弟谢石为征讨大都督，侄谢玄为前锋都督，竟仅以八万训练有素的"北府兵"大胜八十余万前秦军，过程中也留下许多如"投鞭断流""风声鹤唳""草木皆兵"等典故。然谢安的战功却引起皇室疑忌，始终未获实际封赏，死后才被追封为庐陵郡公。淝水之战后，谢安更持续调和桓、谢两大士族的关系，蓄积北伐基础；并于次年起兵，收复黄河以南地区，后因再度遭忌与部分战场失利，谢安虽亲自督军，却仅能转攻为守。再来年安以病还京，殁于建康，享年六十六岁。谥文靖，丧礼至大司马的级别。

与此同时，前秦元气大伤，苻坚被杀，诸胡纷纷独立，中国北方重新陷入分裂。

谢安曾从王羲之学行书，宋米芾曾称赞其书法"山林妙寄，岩廊英举，不繇不羲，自发淡古"。

王谢堂前

　　谢安与王羲之的交往，多见于《世说新语》，也常常表现在王羲之的帖中。"昔日王谢堂前燕，飞入寻常百姓家"，刘禹锡的诗句大家耳熟能详，东晋世家门阀文化最具代表性的两个家族，后来纠葛牵连，却不是一般人想象的那样一清如水。

　　《世说新语》有《贤媛》一章，记录了不少魏晋女性人物的故事，小小的事件里使人看到门阀间现实的摩擦争斗，读起来特别有趣。

　　王羲之娶郗璿的故事一般人都熟悉，郗璿是当时太尉郗鉴的女儿。郗鉴为女儿找适合的丈夫，为了门当户对，特别指定要在王导家族的子弟中来选。郗鉴的门生来到王家东厢，王家子弟一个个正襟危坐，很在意会不会被选中做太尉的女婿。只有王羲之坐卧在东边的床上，衣衫不整，襟带散开，袒露出肚腹，谈笑自若，一副满不在乎的样子。结果这个"袒腹东床"的年轻人很受郗鉴赏识，大概觉得这个年轻人有个性，不同于拘谨流俗，因此王羲之就做了郗鉴的"东床快婿"。

上面这段故事也见于《世说新语》，是王羲之生平中流传很广的一段典故。王羲之娶到的这位郗璿，在《贤媛》一章里有另一段记载。

"王右军郗夫人谓二弟司空、中郎曰：'王家见二谢，倾筐倒庋。见汝辈来，平平尔。汝可无烦复往。'"

王羲之的夫人郗璿跟两个弟弟郗愔（司空）、郗昙（中郎）抱怨，认为王家的人势利，见到谢家谢安、谢万两位兄弟来，翻箱倒柜，把一切珍贵的东西都拿出来招待，见到郗家兄弟来，却只是一般对待（平平尔）。郗璿为娘家两个弟弟受冷淡而委屈，跟两个弟弟说你们可以不要再去王家了。

这故事听起来像市井小民间鸡毛蒜皮的是非，婆家娘家彼此争宠比较，很没有东晋所谓"世族""门阀"的优雅。如果对"世家文化"有向往，看到郗夫人这样小家子气地计较，大概会颇失望。

郗愔、郗昙是常在王羲之的"帖"中出现的人物。《上虞帖》里讲的"重熙旦便西，与别，不可言"，"重熙"就是"郗昙"。而《十七帖》里和王羲之讨论"嗑药"经验的是担任过司空的郗愔。跟王羲之情感如此深厚，郗愔、郗昙听到姊姊这样挑拨王郗两家关系，不知做何感想。而郗夫人说长道短的，也正是自己娘家与夫家的关系，使人对"东床快婿"的故事顿时有了幻灭之感。

也许，作为我最喜爱的文学经典之一，《世说新语》的精彩，恰好是它有对极为真实的人性的记录描写。被"浪漫化""完美化"的"王谢世家"，也因为这一段小故事才有了真实、伧俗也活泼的"市井气"。

郗夫人的抱怨或许不是没有原因的，郗、王、谢三家，在政治上起落浮沉，长期借联姻结成势力。之后，王羲之最小的儿子王献之娶了郗昙的女儿郗道茂，王羲之的次子王凝之娶了谢安哥哥谢奕的女儿谢道韫。

这个谢道韫是有名的"才女"，大家都熟悉《世说新语·言语》一章中谢安与子侄辈论雪的故事，那个用"柳絮因风起"形容雪花飞舞而传诵千古的小女孩正是谢道韫。

谢道韫长大，嫁给了才学平庸的王凝之，很不像"才子佳人"幸福童话的结局。《世说新语》里讲到谢道韫嫁到王家后"大薄凝之"，回娘家的时候，抱怨连连。谢安还安慰她说："王凝之是王羲之的儿子，人也不坏，你怎么恨成这样？"谢道韫还是气愤难平，认为自己一家伯叔群从兄弟都如此杰出，

"不意天壤之中，乃有王郎！"——从没想到天地间还有王凝之那么笨的人。

才女的鄙薄人物是很恶毒的，忽然觉得"柳絮因风起"的美丽诗句中也暗藏不饶人的刻薄。

王、谢、郗三族的下一代婚姻都不美满，王献之最后也跟郗道茂离了婚。读着他们留下的"帖"，知道他们这些门阀世家子弟也都在人间受苦。

不意天壤之中，乃有王郎！
王凝之，谢道韫

　　王凝之（？—399年），字叔平。王羲之次子。工草、隶，历任江州刺史、左将军、会稽内史等职。深信五斗米道，经常在家烧香拜神。隆安三年（399年）孙恩造反，兵临会稽城下，王凝之守备不力，竟"日于道室稽颡跪咒""借鬼兵守诸津要"，城陷时与诸子女全部遇难。

　　谢道韫（约376年前后在世），陈郡阳夏（今河南太康）人。东晋女诗人。谢安侄女，安西将军谢奕之女。夫王凝之与子女尽为孙恩所杀，谢道韫以节义遇赦，后一直寡居会稽，启益学子。道韫识知精明，聪慧能辩，谢安即曾称她有"雅人深致"；书法亦为后世称道。今存散文《论语赞》一篇和《泰山吟》（一作《登山》）、《拟嵇中散咏松》等诗。

积雪凝寒

一个朋友才到北京，传简讯来，只有四个字："大雪！大雪！"

可以想见，南方久住，初见大雪，不可自制的兴奋。情绪直接到不经修饰，没有结构章法，就很像"帖"的文体。

上次谈到王羲之"服食"丹药，还跟妻舅郗愔相互交换心得。《十七帖》里另有《服食帖》，正是王羲之跟郗愔讨论"服食"药物的一封信。

"吾服食久，犹为劣劣。"王羲之长年服食药物，觉得还是不好。"劣劣"两字是王羲之帖里常用的词。"劣"是"少力"，在讲心境上的沉滞、低郁、苦闷、疲惫、无力感。他不一定是讲"药物"的好坏，而是在表达"服食"这件事的虚无空幻吧。"服食"使感官世界打开，"服食"产生幻觉，经验奇幻瑰丽的狂热兴奋，"服食"五石散后全身发热，要不断行走，叫作"行散"。

但是经由药物刺激的感官兴奋，不容易持续长久。兴奋之后，刹那间回到现实的失落虚无，也一定是这些心灵敏感者难以承受的生命之轻的落寞吧。

"大都比之年时，为复可可。"多年来也都如此，王羲之的"为复可可"很无奈，却又似乎觉得就这样下去，也没有什么不可以。"可可"也很平白直接，"劣劣""可可"都是"帖"里特有的文体，跟我的朋友简讯里二话不说的"大雪！大雪！"很像。

《服食帖》最后跟郗愔说："足下保爱为上，临书但有惆怅。"两个服食药物的亲戚，情感像知己兄弟，王羲之要郗愔多保重，多爱自己。"临书但有惆怅"使人想哭，这样直白叙述心情的句子，竟然是一封谈药物的信的结尾。

朋友从北京传来的"大雪！大雪！"四字简讯，使我想起王羲之的《快雪时晴帖》，也想起他与好友周抚在二十六年离别之后写的《积雪凝寒帖》。

"计与足下别，廿六年于今。虽时书问，不解阔怀。"算一算，到如今，分别二十六年了。虽然常书信往来，还是难解分别契阔的情怀。"省足下先后二书，但增叹慨。"读到先后两封信，更觉慨叹感伤。

"顷积雪凝寒，五十年中所无。"刚积了厚雪，空气凝寒，五十年没有这么冷过。

"想顷如常，冀来夏秋间，或复得足下问耳。"你还是老样子吧，明年夏秋间，或者还会有你的信息。

"比者悠悠，如何可言。"时间这样悠悠逝去，不知道要说什么。

《积雪凝寒帖》每一次读，都使我心情怅惘感伤。在笔画流走间看王羲之的顿挫点捺挑撇，想象室外白雪皑皑，呵冻点墨，给分别了二十六年的远地朋友写信，内容却不过只是问候，只是对悠悠逝去岁月说不出的无奈失落之感。

王羲之与周抚长时间分别两地，彼此书信往来，彼此馈赠物品，王羲之也一度想溯江而上，与老朋友来一次蜀地的壮游，完成他对蜀地文化历史、山川景物长久以来的向往夙愿。但是似乎一直没有成行，却留下了一封又一封写给周抚的美丽书信。

《十七帖》里写给周抚的信中时间比较晚的大概是《积雪凝寒帖》和《儿女帖》。

《儿女帖》使人想到杜甫的"昔别君未婚，儿女忽成行"，二三十年过去，王羲之告诉周抚，自己已经有七儿一女，都是同母所生。都嫁娶了，只剩幺儿王献之还没有成婚。就等他成婚之后，没有牵挂，便可以去蜀地了。他还是没有忘记，也没有放弃长久以来在书信里对老朋友的承诺。

他也告诉周抚，自己已经有十六名内孙外孙了，是目前最大的安慰。最后说"足下情至委曲，故具示"，好像周抚多年惦念牵挂，"情至委曲"，王羲之就在信上一一告诉他家里的状况。

给在北京的朋友回了简讯，我又回来重读了一次《儿女帖》——

吾有七儿一女，皆同生。

婚娶以毕。唯一小者尚未婚耳。

过此一婚，便得至彼。

今内外孙有十六人，足慰目前。

足下情至委曲，故具示。

得示帖

在东京上野美术馆看到光明皇后于圣武天皇七七忌辰时向

东大寺献物的《东大寺献物帐》。小楷工整，一项一项条列皇室献给大佛的数百件宝物目录。

所献"宝物"中有一长列是王羲之的手帖。注明是行书或草书，多少行，什么纸质，连装裱的绀绫、绮带的材质色泽，外面的紫檀木匣，都用小字一一标记，可见其慎重珍惜。

著名的《丧乱帖》就是当年献物里的一件。

《丧乱帖》的后面还有《二谢帖》和《得示帖》。王羲之的手帖书信，一封一封被后人收存珍藏，成为习字的法帖。这些原来单篇的书信，有时也两三封一起，被装裱成手卷或挂轴。台北故宫博物院的《平安帖》《何如帖》《奉橘帖》也是三帖连裱成一件手卷。

《丧乱帖》是唐精摹本，《二谢帖》与《得示帖》也非常精妙，应该是同时传入日本的唐代内府精品。

得示，知足下犹未佳。耿耿。

吾亦劣劣。

明日出乃行，不欲触雾故也。迟散。

王羲之顿首。

很熟悉的手帖语言——收到朋友的信，知道对方身体还没好，很挂念担心（耿耿）。自己也不好（劣劣）。

四行手帖，平淡随意，使人不相信会是习字的法帖，没有一点要传世鸣高的造作夸张，却又如此耐人把玩寻味。

"触雾"两个字写得很大，尤其是"雾"，有一种浓郁化解不开的情绪，一切都茫茫然在无明蔽障中，好像讲的不只是气候，也是流浪生死的怆然心境。

"迟散"的线条一变如丝弦羽音，纤细婉转悠扬，也许真的是在空中一丝一丝散去的雾，给了东晋南方文人这么委婉的心事寄托吧。

日本文化很受东晋手帖美学影响，上野美术馆里，一幅丰臣秀吉留在本愿寺的墨书朱印帐，都写得像手帖，文体像，墨色也像。幕府权臣如此亦步亦趋崇尚东晋手帖，日本文人的墨书，当然就更像还活在东晋——"风行雨散"，"润色开花"，行草写得如烟似幻，与唐人有了楷书以后的方正重拙不同。东晋手帖美学背后其实是当时文人思潮的佛学与老庄，"法无取舍"，"但莫憎爱"，佛书的句子或许是读帖入门的另一个途径。

日本书法受晋人的手帖影响，日本传统俳句、和歌都像手帖，清少纳言的《枕草子》，简洁平淡，不涉及大事，不长篇大论，更像手帖。手帖有时没头没脑，只一两句平白言语——

"耿耿""劣劣"，像禅宗公案语录，让人深思玩味。有学者认为，醍醐天皇陪葬的王羲之手帖里，称作"赢"的那一幅，就是《妹至帖》。《妹至帖》开头是三个字"妹至赢"，好像是说妹妹身体很弱了。因为是裁断的"手鉴"，"手鉴"只是用来比对鉴别书帖真迹，全文不能通读，大概意思也只点到而已。

唐代崇尚王羲之手帖的风气东渡日本，在日本的影响似乎一直没有消退。

手帖也影响了日本城市、建筑、园林。以城市而言，京都比东京更像手帖，去过奈良的人，一定发现这最早的都城却比京都更像一册东晋手帖。

奈良的古建筑，最像手帖的不是著名的东大寺、法隆寺，而是小小的唐招提寺。唐招提寺谦卑平和，使许多伟大建筑的嚣张跋扈都显得无比空洞。

内在信仰如此饱满，才能够不比高大，不比存在的执着，而是确实知道，一切都在逝去。纸上的墨痕在逝去，屋上的砖瓦、地上的石基也一样在逝去。用心雕刻的石碑，池塘里一朵升起的莲花，都在时间中逝去，都在经历成、住、坏、空，如同我们自己的身体。

京都园林里的"枯山水"像手帖，对其盘膝端坐一下午，像参悟一卷《平安帖》。更像手帖的是西芳寺庭园里的青苔。

树隙、墙根、石级、小径，无边无际的苔痕，一丛一丛，一点一滴，若有若无，像时间逝去后留下的模糊记忆。

我离开时，梅花的花期还有十多天。枝梢上结满百千珠蕾，米粒般大小，透着寒香，在细雪里预告着春的消息。

奉对帖

王羲之娶了郗鉴的女儿郗璿，王郗两家结成亲家，王羲之因此与郗璿的两个兄弟郗愔、郗昙都很要好，他们时常有书信往来，郗愔、郗昙成为王羲之书帖里主要的人物。

郗昙的女儿郗道茂以后就嫁给了王献之，王郗二家，亲上加亲，也正是魏晋门阀世族讲究门第相当的社会风俗。

当时讲究门当户对的门阀观念，世族豪门之间联姻，出于富贵权力考虑，未必都成就好姻缘。例如谢安的侄女谢道韫嫁给王羲之次子王凝之，因为道韫是有名的才女，幼年时就以"柳絮因风起"咏雪诗句名扬于世，王凝之却是个才学平庸的男人。结婚以后，谢道韫每回娘家就大发牢骚，向谢安抱怨，怎么把她嫁给了这么笨的王凝之。《世说新语》里这个记载使人发笑，才女出言刻薄，大大鄙视丈夫，留下"门当户对"婚姻里一段可笑又不佳的记录。

郗道茂与王献之的婚姻却不同，道茂比王献之年长一岁，王献之称她为"姊"，两人从小一起长大，表姊表弟，两人结合，建立在情感笃厚的基础上，应该是美好婚姻。

王献之娶了郗道茂，结婚数年，感情非常好，不料半路却杀出一件意外的事，棒打鸳鸯，使美满的婚姻破碎。

王献之是当时士族间有名的才子，他幼年时跟兄长见谢安，就被谢安称赞，从小写书法也被父亲称赞。他个性狂傲不羁，也常顶撞人，谢安就被他顶撞过两次。一次是谢安要王献之为刚建好的宫殿题匾，木匾送来，王献之却叫人丢到门外去，毫不领谢安的情，也以为谢安要求文人名士为宫殿题匾是大污辱。王献之艺术家个性的孤傲自负十分明显。另一次是谢安要他比较与王羲之的书法高下，这是一个难题，一般人也很难说自己的书法比爸爸的好，王献之却自信地说："固当不同。"

谢安又被顶撞一次。

书法史上有谢安不喜欢王献之书法的记载，据说王献之写信给谢安，谢安看了，在信尾批评数行，原信退回。宋代的米芾就看过这封信，而且认为谢安的字品格比王献之高（谢安格在子敬上），还说了一句尖刻的话——"真宜批帖尾也"。"批帖尾"三个字也就常常被引用来嘲讽王献之的书法，表示字写得不好，在帖尾被别人批评。

米芾的书画论述一向偏激，他是大艺术家，论述上却常不客观。其实米芾自己的字最受王献之影响，"三希堂"珍宝之一的王献之《中秋帖》根本是米芾临摹王献之《十二月帖》裁剪而来，没有王献之的狂放变革在前，也不容易有米字的纵逸放肆。书史中的是非论断有时很主观，太计较了，往往反而处处都是矛盾，也容易束缚自己的判断。

王献之在他的时代因为追求变革，追求自我个性的释放，刻意与父亲的书法走不同的路子，因此，当然引起争议。一直到唐太宗时代，贬抑王献之的书法，赞扬王羲之，还是书法美学的主流。

这样一位性情孤傲的艺术家，这样一位不屑世俗庸碌的文人名士，最后被皇室看上，晋孝武帝主动提出，要把妹妹新安公主许配给王献之。新安公主司马道福是结过婚的，她的前夫是大权臣桓温的儿子桓济。

士族豪门也以与名门结亲为荣耀，连皇室都不例外。

王献之因此跟郗道茂离婚，另娶新安公主。《淳化阁帖》里有《奉对帖》，正是王献之在离婚后写给郗道茂的信——"虽奉对积年，可以为尽日之欢。常苦不尽触额之畅，方欲与姊极当年之匹，以之偕老。岂谓乖别至此，诸怀怅塞实深。当复何由日夕见姊耶。俯仰悲咽，实无已已，惟当绝气耳。"结婚相处多年，每天都欢乐，没有吵过架，以为如此可以白头偕老，没有想到竟如此分别了，王献之觉得再也不能早晚跟亲爱的"姊姊"在一起，"俯仰悲咽"，"惟当绝气耳"。

信写得如此悲惨，王献之像一个撒赖的弟弟，失去了姊姊，悲哀到不想活下去了。

王献之笃信道教，临终的时候，要写上奏玉皇的表章，忏悔一生过错，王献之说："不觉有余事，惟忆与郗家离婚。"

一直到死，他念念不忘的还是这段痛苦不堪的回忆。

中秋不复，不得相还
《中秋帖》

传为王献之书，但无款。纸本，纵长27厘米，横11.9厘米。

全文共三行二十二字，前后有缺文。从纸料、笔材、书韵、文意等方面判断，多认为是宋朝米芾据王献之《十二月帖》所作的不完全临本，清乾隆帝将此帖与《快雪时晴帖》《伯远帖》并称"三希"。民初溥仪出宫时，敬懿皇贵妃曾将此帖携出，此帖辗转流落民间，后和《伯远帖》一并被购回，存藏于北京故宫博物院。

此帖已近草书，唐张怀瓘《书断》中说："字之体势，一笔而成，偶有不连，而血脉不断，及其连者，气候通其隔行。"

帖文：

中秋不复不得相还为即甚省如何然胜人何庆等大军。

榜书

面对一个巨大的传统建筑物，宫殿或寺庙，视觉常被高高悬挂的汉字榜书吸引，远远就聚焦在"匾额"上，慢慢再走近建筑实体。

传统东方建筑，少不了"匾""额"。

走进富丽堂皇、琳琅满目的大殿，少了"正大光明"四个字的"匾"，整个空间就像少了重心。

"匾"与"额"的汉字书写，替庞大的建筑体找到视觉的焦点定位。无论建筑如何堂皇雄伟，没有"匾额"，就仍然少了精神。建筑实体只是物质形体，"匾"与"榜"上的汉字才是魂魄，可以点活整个建筑的生命。没有"匾"或"榜"，建筑等于没有完成。

《红楼梦》第十七回中"大观园试才题对额"，贾政要测试儿子贾宝玉题"匾额""对联"的才能。在偌大的建筑园林里行走，一处一处的建筑都是新盖好的。走到一处，停下来，观察建筑形式，观察周边环境，观察周遭种植的花草树木，最后定出"匾额"的内容，以"匾""额"点题，也连带用"对联"界说出建筑的精神内涵。这是最好的"文化"考试。考的内容包括"建筑""景观""文学"，也包括"书法"，贾宝玉这一天的考试包含了今天大学教育里好几个专业的能力。

台北的"大中至正"是典型的"匾"，"自由广场"也是。一个城市为"匾"的汉字内容争到头破血流，可见"匾额"的巨大影响力。可惜没有太多人关心除了内容之外汉字书写与整体建筑的美学关系。

像"大中至正"这样的牌楼建筑，五间六柱十一楼，是古代帝王陵寝"神路"的尺度。"匾"悬挂在离地面三十米以上的高度，字必须很大，字体也必须厚重开阔。颜真卿写《大唐中兴颂》的字体可能才压得住周边二十五万平方米的广场空间，以及后面七十米高的纪念堂主体建筑。但是"大中至正"是唐初欧阳询体的唐楷，端正耿直有余，浑厚庄严不足，不是大建筑群里"榜书"的好范例。

"榜书"是专用来题"匾""额"的，结构要恢宏雄壮，有开阔的气势，线条有入木三分的力度。童年时常看到为街坊邻居写挽幛挽联的长辈，不是什么书法名家，但是在地上铺开整匹白布，手中一支大笔，在大碗里蘸了墨汁，审视一二，俯下身子，墨沈淋漓，"驾返瑶池"四个大字一挥而就，四边围观的人鼓掌叫好，是有一种技艺通神的过瘾。

书法史上常说一个有关写"榜书"的故事——三国魏明帝曹叡盖了"凌云阁"，是高大的建筑。阁楼盖好，匾悬挂上去，字还没有写，因此找来当时最负盛名的书法家韦诞，把韦诞绑在凳子上，用绳子吊起来，很像马戏团吊钢丝的表演。可怜的韦诞被吊在半空中，吓得半死，还要挥毫写出气势磅礴的"凌云阁"三个大字。据说，韦诞写完，放下来，须发皆白，从此告诫子孙，不准再学书法。

这个故事《世说新语·方正》接了一个尾巴——东晋孝武帝修建了堂皇的太极殿，当时谢安是宰相，王献之是他的下属。谢安叫人送了一块板，要王献之题"太极殿"榜书。王献之很不高兴，跟送板来的人说："把板丢在门外！"谢安知道了，问王献之："把匾额挂上殿去书写怎么样？魏朝韦诞不是也题'匾'吗？"王献之显然气还没消，顶了长官一句："所以魏朝国祚不长，很快就亡国了。"

东晋江左名士崇尚个人自由，王羲之如此，王献之也如此，他们的书帖只是朋友间往来书信，潇洒自在，风行雨散，润色开花，自有一种品格，是不能为权贵"题榜"的，也不适合匹配在宫殿威权建筑的高处。

"大中至正"四个字拆了，换了"自由广场"，用的是王羲之的书体，文人像又一次被吊上凌云阁受苦了。

伯远帖

一夜雨声淅沥，滴滴答答，有一点恼人。春天多细雨无声，不走在雨中，不会有听觉上的干扰。夏天的雨多如放声号啕，倾盆而下，痛快淋漓，来得快，收得也快，没有冬天雨声无休无止的缠绕，像可怜哀怨又于事无补的唠叨，琐碎却不能有任何现况改善，最是烦人。

不知道乾隆在他小小的"三希堂"里是否也有过这样寒冬雨声在窗檐屋檐下的烦扰。不知道那样的寒冬之夜，一人独坐暖炕，他是否也会顺手拿出一卷《快雪时晴帖》来看。

乾隆是喜欢在名作上题记赋诗的，光是《快雪时晴帖》，前前后后，就在上面题了七十多处。每次在台北故宫博物院展出原作，在乾隆密密麻麻的题记中，许多人都找不到原作那二十八个字。

乾隆是爱热闹的人，也少了点对"留白"的领悟。乾隆财大气粗，很有初初暴发富有的快乐，恨不得把富有全都摊在外面，生怕别人看不见，有时竟也糟蹋了富有。真正富有的愉悦，其实是可以很安静的。恰恰像春雨润物细无声，不声不响，天地万物都受到了滋润。

乾隆在小小的"三希堂"里还是想证明炫耀自己拥有名作，也因此少了对南朝"帖"的平实的理解。

以今天来看，"三希堂"是有一点夸张的说法。"三希"里《快雪时晴帖》是唐人摹本，不是原件，《中秋帖》更是晚到宋代米芾的临本，都不是东晋人真正的"江左风流"。唯一还能一窥南朝文人隽朗风神笑貌的其实只有一件《伯远帖》。所以"三希"，其实是"一希"。乾隆喜欢夸张耸动，也很懂现代商业的置入性营销，"一希"就变成了"三希"。当然，"三希"是有卖点的，至今也还可以用它开餐厅卖茶，是成功的营销策略。

王珣的《伯远帖》在乾隆十一年（1746 年）收入清宫内府，成为乾隆最喜爱的收藏之一。

因为王羲之、王献之传世的书帖已大多是唐宋以后的摹本，虽然形貌相似，但已失去东晋人行笔运气的风神气韵。王珣的《伯远帖》是晋人真迹笔墨，没有双钩填墨的平板滞碍，线条收放间流畅洒脱，像一片一片正在绽放的花瓣；墨色在转折处的浓淡变化与重叠，也都如烟云幻灭，可以看到许多书写过程中的顿挫卷舒。在众多临摹本外，《伯远帖》是观察晋人原迹手帖的最好依据。

《伯远帖》也是一封信，王珣跟朋友谈起"伯远"这个人。他在青年求学时表现优秀，在一群人中特别突出。因为身体不好，淡泊优游山水。没想到刚出仕不久，却亡故了，生死永隔，再也见不到面——

珣顿首顿首，伯远胜业情期，群从之宝。自以嬴患，志在优游。始获此出，意不克申。分别如昨，永为畴古。远隔岭峤，不相瞻临。

王珣（350—401年）是王导第三个儿子王洽的孩子，王洽三十六岁逝世，两个儿子王珣、王珉都很优秀。王珉小字僧弥，王珣字元琳，小字法护，小名阿瓜，后来封东亭侯，《世说新语》里提到他常称为"王东亭"。

王珣在《世说新语》里记录不少，个子矮小，却很聪明，常跟弟弟争强斗胜。他曾经做桓温的主簿，桓温很信任他，也借用他出身王导孙子的显赫家世。

王珣在政治上周旋于权力核心，连孝武帝这样的君王身份也曾经托他为子女谋亲事。在大臣间争权夺利之时，王珣常常表现出他政治世家出身的权谋机智。"世家"子弟有不凡的教养，王珣与谢安交恶，坐在同一部公务车里，彼此不言语，但是王珣还能神色自若，好像没看见谢安这个人。谢安逝世，王珣也依礼前往祭吊，谢安手下一个督帅极不客气，大声斥骂王珣，王珣却一言不发，在灵前尽哀行礼完毕，飘然离去。

读《伯远帖》常常就有《世说新语》里王珣的影子，看到他随异域来的高僧提婆学习《阿毗昙》经论。在政治现世权谋与生命本质实有虚无之间，王珣这样的魏晋世家子弟是特别心事复杂的。

天下无双，古今鲜对
《快雪时晴帖》

内容约为大雪后向友人问候的书札。此帖明清年间为降清明官冯铨所藏，康熙十八年（1679年），冯铨之子冯源济将此墨迹呈献入宫，乾隆十一年（1746年）此帖与《中秋帖》《伯远帖》同被收入三希堂，乾隆帝赏玩之余，竟题跋七十多处。现藏于台北故宫博物院。

此帖多为圆笔藏锋，"圆劲古雅，意致优闲逸裕，味之深不可测"（明鉴藏家詹景凤语），是王体行书中的精品，对元代赵孟頫的行书应有极深的影响。

帖文：

羲之顿首。快雪时晴，佳想安善，未果为结。力不次。王羲之顿首。

山阴张侯。

妹至帖

2006 年 1 月东京国立博物馆举办"书之至宝——日本与中国"展览，这个展览基本上是与上海博物馆合作，展出中日两国收藏的古代汉字书法名作。因此，同年三月，这个展览也巡回到上海博物馆举办。

展览里很受重视的当然是王羲之的几件作品，特别是日本皇室宫内厅收藏的《丧乱帖》。

日本在隋唐时期就曾多次派遣唐使到中国，隋唐帝王都崇尚书法，唐太宗更是不遗余力搜求王羲之手帖名作，自然影响到当时来中国学习的留学生。

中日间密切的文化交流，使许多书法手帖流入日本。735 年，留学中国的吉备真备回国，就从长安带了很多书法名品献给圣武天皇。大唐高僧鉴真和尚于日本天平胜宝六年（754

年）抵达日本竹志大宰府，记录上说他带去了王羲之行书一帖，王献之真迹三帖。

当时唐代内府常摹拓王羲之原作，这些制作精良的唐摹本就有许多在此时流入日本。

日本圣武天皇（701—756年）喜爱王羲之手帖，天平胜宝八年（756年），圣武天皇逝世后的七七忌，光明皇后做佛事，就将圣武天皇生前喜爱的六百多件文物献给东大寺大佛。如今保留的《东大寺献物帐》记载了献物的目录，其中不乏王羲之手帖，包括了著名的《丧乱帖》。

稍后的桓武天皇（737—806年）也把王羲之手帖奉为至宝，常常借到宫中阅览临写，在手帖上揿有"延历敕定"朱文印记，也成为鉴定王羲之唐摹本的重要标记。《丧乱帖》的右端就有"延历敕定"这方印记。

《丧乱帖》八行六十二个字，是王羲之手帖中篇幅较大的一封信，写家族南迁以后，北方祖坟被刨挖，人性丧乱之极，感觉"痛贯心肝"的悲痛，是他心情沉重时的书写。这件唐摹本是我见过的王书手帖中最美的一件，比《快雪时晴帖》更多流动速度变化的气韵。

2001年、2002年，日本约用两年修复《丧乱帖》。用非常现代科技的方法分析唐摹本的纸质、厚度。唐代内府摹本用纸，百分之五十五是雁皮，百分之四十五为楮；纸的厚度是零点零七毫米左右。最难得的发现，是对古人"填墨"技术的再理解。所谓"双钩填墨"，是用淡墨依原作轮廓勾出细线，再用墨填入细线框中。在科技数字化放大后，才看得出，"填墨"是以如发丝般的极细线条，一点一点，重新组合重叠出原作的墨色。我看到放大的科技检视图板，《丧乱帖》每一个点，每一根线条，都像用丝线织绣出来的。古代摹拓工艺的精巧细致，令人叹为观止。也因此看得出来，同样是摹拓本，质量的高低优劣却不一样。传达原作神韵的程度，更是要看摹拓者对审美的理解分寸。失之毫厘，差之千里。摹拓本有些无精打采，味同嚼蜡，能够像《丧乱帖》如此风神奕奕的，也不多见。

《丧乱帖》讲到被破坏的祖坟重新修复，因此学界推测，这封信大概写于东晋桓温北伐、收复洛阳之际，时间是永和十二年，公元356年，比王羲之的《兰亭序》还要晚三年，也代表了王书最后登峰造极的成就。

这次展览的王书中有一条五厘米多宽的窄细长条，是传闻已久的《妹至帖》，两行，十七个字，不成一封信，只是从手帖里剪出的两行断简。日本学者称为"手鉴"。

"手鉴"是把书法名家摹本书迹分割成数行，收在书册里，作为鉴定墨迹时比较的依据。

《妹至帖》第一次公开展览是在日本昭和四十八年（1973年），长期夹在书册中，保存非常完好，墨色如新。经过科技鉴定，发现《妹至帖》与传到日本的《丧乱帖》《孔侍中帖》是同样的纸张，都是唐代内府的响拓本，同时传入了日本宫廷。

日本醍醐天皇（885—930年）曾经以三卷王羲之书法《乐毅论》《兰亭序》《赢》的唐摹本陪葬，与唐太宗选择王羲之真迹《兰亭序》陪葬也可以说是一脉相承的帝王习气了。

容止

读晋人手帖，有时候无端会想起那个遥远时代，他们的长相，他们的服饰装扮。头上青巾幞头，脚下木制屐，手中拿的玉柄麈尾，喝茶或喝酒时候用的青瓷小缶。谈笑风生，走在山阴道上，不觉得他们是战乱中流离颠沛刚刚到了南方的人。

魏晋时代，文人名士，讲究容貌之美，在《世说新语》里留下《容止》一章，记录许多当时人的容貌故事。

有一段叙述关于何晏的美，特别有趣。何晏皮肤白，魏文帝曹丕怀疑他敷粉，化了妆，不是真的漂亮，就想测试一下。夏季大热天，赐一碗热汤面给何晏吃。吃完，何晏一头一脸都是汗。他用红色衣袖擦汗，擦完，皮肤还是一样洁白干净。

"朱衣自拭，色转皎然"，《世说新语》的文字很动人，形容色彩的"朱"与形容光亮的"皎"二字都用得好。像电影的画面，静止在曹丕凝视何晏的擦汗动作上。朱红衣袖，皎白面容，现代人很难想象这是帝王与朝臣的关系。川端康成的小说里常有这样的画面，是皎洁月光下盛艳如花的女子。日本美学受魏晋风气影响，对美，可以深情至死，渊源上溯《世说新语·容止》。

竹林七贤中嵇康的美也是有名的，《容止》中说他"身长七尺八寸，风姿特秀"，一连用了好几个比喻，说他"萧萧肃肃""肃肃如松下风""岩岩若孤松之独立"，他的美像一棵孤高的松树。嵇康死亡的画面也惊人，走向刑场的时刻"夕阳在天，人影在地"，大喝一声"《广陵散》于今绝矣"，俯首就戮，死亡像是美的极致完成。

《容止》中很令人惊异的是当时女性对男子美丑的极端反应。潘岳极美，少年时出游狩猎洛阳道上，"妇人……连手共萦之"，如同今天粉丝追逐围绕影歌星帅哥。但是下面一段反应很难想象。诗人左太冲（左思）"绝丑"，仿效潘岳出游，引起女性众怒，"群妪齐共乱唾之"。"妪"是上年纪的妇人（可见粉丝不止于少女）。一堆欧巴桑嫌左太冲丑，围着他吐口水，这画面好笑，让人喷饭。

《容止》章多谈男子的美，卫玠也是当时著名俊男，永嘉之乱中，他从江西南昌（豫章）到了下都南京，闻名赶来看他的人"观者如堵墙"。为了看帅哥，人群挤到密不透风，而且是在战乱期间，听来有点夸张。北方胡人兵马一路屠杀，战争打得如火如荼，帅哥却还是要看的。《世说新语》常常提醒我一些悲壮惨烈史实的描写，大部分还是不脱官方政治宣传的虚伪，在真实历史里，人性其实是荒谬可笑多于悲壮的吧。

卫玠这个故事更夸张的还在后面。卫玠本来身体不好，一个新移民，每天被人群围着看，"体不堪劳，遂成病而死"。卫玠到南京一年就被"看死"了。

这一段令人啼笑皆非的故事，《世说新语》自己起了一个名字叫"看杀卫玠"，活生生把一个人看死了，今天的八卦新闻标题也很少这么耸动有创意。

读手帖常常会以为时代感伤，其实或许不然，最悲惨的人性荼毒里，人也还是知道如何作乐的。

王羲之的容貌在《容止》中也有描述，用了八个字——"飘如游云，矫若惊龙"，许多人以为这说的是书法，大概觉得把"书圣"描写成帅哥有点不敬。《晋书·王羲之传》也把这八个字解读为是在称赞王羲之写的字。其实不然，《世说新语·容止》章这八个字很清楚说的是王羲之的人，是他潇洒自在、有神采的容貌举止，像天空飘浮的流云，像被惊动的蛟龙，漂亮俊挺活泼。

《世说新语》不是官修历史，不必有官方意识形态的虚伪矫情。《世说新语·容止》关心的是人，不是书法，一头栽在字的好坏里，斤斤计较，大概只有傻相或鄙吝相，是不容易有"飘如游云，矫若惊龙"的神采之美的。

执手帖

不得执手，此恨何深。

足下各自爱。

数惠告，临书怅然。

《执手帖》看了许多次，恰好冬寒转暖，映照着初春的明亮阳光，很想临写几帖，寄给远方久未见面的好朋友。

因为相隔两地，没有见面的机会，"不得执手"，握不到手。这是《诗经》里"执子之手，与子偕老"的典故，移用到现实生活中，还是这么贴切。书信问候，只是想握一握朋友的手，却因为山水迢遥，见面如此艰难，"此恨何深"。

手帖上"手"这个字写得比较重，两条横笔画都有隶书波磔的意味，尤其是第一根线条，笔尖上挑出锋，是典型隶书的"雁尾"笔法。

因为纸的使用，原来书写在竹简木牍上的隶书，逐渐解体，发展出行草。

比王羲之早一点的"西晋残纸"上的书法墨迹已经在楼兰一带发现。像著名的《李柏文书》，文体也是书信，字体也是行草。笔锋流走书写在平滑的纸上，线条自在流畅，显然与在竹简木牍粗纤维上写工整隶书已经不同。

"西晋残纸"上的行草，明显预告了不久之后东晋王羲之的出现。

在行草发展到成熟高峰的阶段，王羲之的用笔还是保留了汉代隶书的某些习惯。保存在辽宁省博物馆的《姨母帖》里有不少隶书水平线条的笔意，因此常被人定为是王羲之早年的作品。《执手帖》应该不是早期作品，却也保留了像"手"这一个字，出现纯然隶书的笔法。

篆、隶、行、草，可能是不同时代的书体，却也可能在书法家笔下交错重叠出现。如同音乐里的宫、商、角、徵、羽，只是音符的轻重缓急，可以相互交替、对位、组织、呼应，构成美学上的节奏旋律抑扬顿挫的变化。唐代颜真卿的《裴将军诗》就明显在整篇书写中组织着篆、隶、行、草各体书法的线条，全篇作品因此展现出气魄宏大、变幻万千的效果，如一首结构庞大丰富的交响诗。

在婉转飘浮如游云的行草线条句法之间，特别深刻沉重的"手"这个字，仿佛变成很具体的身体的渴望，就是想握一握手啊，想感觉到对方的体温，"执手"比一切想念的语言都更具象也更真实了。

身体的渴望这么真实具体，因此，无法达到的时候，"此恨何深"，才如此充满遗憾地怅惘惋惜。

"足下各自爱"，"自爱"也是传统手帖文学里常用的词。苏东坡晚年给朋友写信也常用到"自爱"，他的《渡海帖》里有我喜欢的句子"惟晚景宜倍万自爱"。在孤独荒凉的衰老之年，困顿于寂寞的旅途中，面对一切即将来临的幻灭无奈，只有勉励自己要努力加倍对自己好一点。

"倍万自爱"不只是提醒关心朋友的话，也是在生命的最后说给自己听的一句警语吧——千万要好好爱自己啊。总觉得这句话里都是无奈，都是孤独，天荒地老，只能"倍万自爱"了。

"数惠告"，好几次收到信，有好朋友的关心，感恩，安慰。"数惠告"后面结束在"临书怅然",写这封信,心里惆怅感伤。四个字行草流走,像一丝浮游在空中的不知何处吹来的飞絮,是春天的"袅晴丝",若有若无,难以想象是毛笔书写的墨迹,其实更像日久湮没褪淡的墙上雨痕,很不甘心地在随岁月消逝之中。

乍暖还寒,河面上浮荡着一缕一缕的雾气,雾气使水波水光荡漾起来,迷离闪烁。隔着河水,对岸的山也在烟岚云岫里,朦朦胧胧,若隐若现。水波流动的光有时像手帖里的线条流走,烟岚里忽明忽暗的山像墨的浓淡干湿。

因为初春,想念起远处的几个朋友,多看了几次《执手帖》,也因此多看了几次窗前薄雾烟霭中瞬息万变的山水。

噉

刚刚立春,乍暖还寒。晴暖两三天,阳光曝晒,气温升高。敏感的花枝,很快珠蕾绽放,姹紫嫣红一片,俨然是春天已经来临的喜兴热闹。但是,倏忽间,东北季风一起,冷气团南下,气温急速降下来,温差十摄氏度以上。加上连绵淫雨不断,淅淅沥沥,绽放不久的花朵受寒冻伤,或萎缩枝头,或散落一地，混在肮脏泥泞中，随污浊漂流腐烂，使人不忍。

寒冷阴湿，什么地方也不想去，泡一壶武夷山的岩茶大红袍，就窝在家里读帖。

宋人刊刻的《淳化阁帖》很精，刻版拓本而能传达出手帖行草的转折韵味，刻工对手帖的了解，拓工对手帖的了解，都令人惊叹。手帖美学已经不只是文人书写的艺术，也带动摹写、雕版、拓印、装裱好几个层面的传统工艺。

好的拓本不输摹写墨迹本，对理解手帖原作精神是很好的辅助。

吾顷无一日佳，

衰老之弊日至。

夏不得有所啖，

而犹有劳务。

甚劣劣。

翻到《衰老帖》，反复读了几次，使我想象王羲之老年身体心境的忧烦疲累。日子好像每天都不好过，到了夏天，吃不下饭，还有劳务在身，疲惫乏力。

他手帖里常用的"啖"字又出现了。最近看王羲之手帖，常常注意到他写的这个"噉"字，线条延展纠缠，形态漂亮，好像灰鹤伸颈、展翅，高高亮起羽翮，在空中旋绕滑翔，也让我想到最轻盈的花式溜冰好手的飞翔纵跃。

"不得有所噉"，"噉"是生活里"吃"的快乐，有味觉口腔上直接而真实的满足。"噉"是"口"字偏旁加"敢"。总觉得这个字很重，写作"啖"，虽然同音，就少了一点爱吃的"狠"劲。"噉"更大胆直接，有执着口感欲望的本能快乐，"口"很"敢"，牙齿咬住不放，好吃，就诉诸口腔行动。

但是，手帖里写"噉"这个字大多在王羲之中年以后，他似乎消化系统出了毛病，肠胃不好，总是没有胃口，"噉"变成一种遗憾。

《转佳帖》里是肉脯"噉"得少了，也许因为消化不良，大多时候"噉"面。多吃淀粉，少吃肉（"少噉脯，又时噉面"）。

《极寒帖》里也谈到吃不下东西——"昨暮，复大吐，小噉物，便尔。"昨天黄昏，又大吐，吃一点小东西，就这样。

很遗憾，一个书法家，用"噉"写出他对食物的向往时，恰恰已经是身体不允许"噉"物的时候。他手帖里"噉"的重复出现，使我读的时候对他充满了同情。是因为不能再有"噉"的快乐，这个字才写得如此婉转纠缠充满怅惘感伤吗？

南方的岁月在王羲之手帖里慢慢转衰老了。

王羲之关于胃口食欲的描写手帖里还有很多，《寒切帖》里也有"吾食至少，劣劣"的句子。

《如常帖》里写到一次病情，很明显也似乎与消化系统有关——"胸中淡闷，干呕转剧，食不可强。"胸口闷，干呕，吃不下东西。手帖里的这些症状，也许可以找出王羲之的病因。

《得凉帖》里没有食欲的状况说得更严重了——"吾故不欲食，比来以为事，恐不可久。"

不想吃东西，长期以来困扰他，像是牵涉心理层面的"厌食症"了。许多王羲之手帖里的"噉"字，使人同情起这个中年以后胃口不好的大书法家。想到他一面胸闷、干呕，一面写出如此美丽的书法，读着读着，觉得那委婉转折的点捺顿挫，透露着与自己身体病痛对话的声音，衰老、闷呕、疲惫，毛笔动静像在艰难里的每一次的呼吸。

因为天气凝寒，我的身体像恢复了动物在冬季某些基因的记忆，恐慌冷，恐慌没有食物。睡眠变得很长，窝在被窝里，旁边储满食物，各种干果。一面读帖，一面嗑干果，南瓜子、松仁、核桃、栗子、干枣。觉得自己很像一只冬天的松鼠了，干果在齿颐噬嗑间"咯咯"作响，很庆幸还能感觉"噉"这个字的质感。

平城京

奈良古称平城京，公元 710 年建都，是日本比较古老的都城。2010 年是奈良建都一千三百年的纪念，有长达一整年的活动，唤起人们对"平城京"历史的许多记忆。"平城京"隋唐时代就与中国有频繁的接触，唐代所崇尚的王羲之手帖，也是在那一时期传入日本，成为日本皇室贵族争相收藏模仿的珍宝。

奈良作为都城时间不长，仅有七十几年。由于寺院僧侣权力太大，掌控皇室，为了摆脱寺院对政治的牵制，后来天皇迁都"平安京"，仿造当时长安都城规格建造新的京城，也就是现在的京都。

奈良作为都城，时间虽然不长，影响却很大。尤其是深植民间的佛教信仰，从天皇到民间百姓，莫不奉为生活的中心规范。

鉴真和尚从中国六次渡海，备尝艰辛，双目失明，在平城京传法不辍，公元 759 年他开始主持建造唐招提寺，寺内的讲堂是由当时日本皇宫移去，可见鉴真受日本皇室尊重的程度。

"平城京"的一千三百年纪念，某一部分是对鉴真这一类"上师"在文化上影响日本的深深致敬。

鉴真带到日本的不只是佛教信仰，也包含了当时唐代的建筑、绘画、雕塑、茶道艺术和音乐歌舞仪式，以及影响深远的书法艺术。

在平城京建都一千三百年的纪念中有许多不同的表演和仪式，包括传统宫廷雅乐、能剧、书道，也包括从西方请来的中世纪教堂吟唱圣诗的演出。

中世纪欧洲教皇格里高利整理圣诗吟唱，在共鸣音效充满回音的哥德大教堂以纯净人声歌咏基督，成为西方音乐中重要的主流。或许，日本主办单位认为平城京的传统同样充满宗教神圣美学，因此把两者结合在一起。但是，穿着中世纪僧侣修士道袍的歌咏团，虽然声音纯净，还是很难给我一千三百年前古平城京的文化氛围。

或许，作为古平城京时代的奈良，的确曾经是一个向往世界文化的都城，向往大唐文化，向往印度佛教信仰，向往从长安一路通向西方的遥远的西域、西亚、拜占庭、希腊、罗马——有日本学者因此认为"丝路"的东端不应该结束在长安，而是在日本的奈良，正是一千三百年前古平城京的世界性文化理想。平城京文化高度发展的八世纪，也正是格里高利教皇的圣诗咏唱通行于欧洲之时。

纪念活动中特别引起我兴趣的是书道的表演，在寺庙大殿，一名僧侣击打大鼓，鼓声激昂。另一名僧侣手持大毛笔，笔杆粗如小腿，笔的长度与人身等高。挥动这样的"如椽大笔"，已经不像写字，不像书法，而更接近武术击技。

僧侣配合鼓声，一面狂呼大叫，一面挥动蘸满墨汁的大笔，在约两米见方的白屏墙上写字。他以笔冲撞屏墙，力度极大，墨汁迸溅，他的动作从肺腑中吼叫出来，在空白间横扫、旋转、顿挫、拖带、挤压，疾徐动静，飞扬跋扈，完全是一场舞蹈表演。

我联想到唐代张旭的狂草，目前看到的张旭，《肚痛帖》是石刻拓本，《古诗四帖》线条笔走龙蛇，速度感极强，但是看不到太多墨沈淋漓的爆炸性笔触。

从文字史料上来看，张旭的狂草在盛唐是一绝，他写狂草要喝酒，要看裴旻舞剑，酒酣耳热，剑气如虹，张旭才狂呼大叫而起，"以头濡墨"，书写他惊动一时的狂草。

奈良看到的书道，或许正是大唐张旭一类人物的狂草遗风，即兴表演成分极大，大概也不是用纸，"以头濡墨"，更似乎是在墙壁上狂扫题壁，留下的墨迹随建筑颓坏消失，使人对张旭、颜真卿、怀素的"狂草"真相多只在臆测中，看到今天博物馆的墨迹总觉得不像。

鼓声停歇，僧侣静默，动极而静，放而能收，使我想到杜甫的"来如雷霆收震怒，罢如江海凝清光"，白屏墙上墨痕斑斑，认得出是一个大大的"渡"字。这是书道表演，与南朝王羲之的手帖无关，手帖还是一个人安安静静地写信而已，谈谈心情，讲讲天气，问候朋友好不好。

是为法事也，何惜身命
鉴真

鉴真（688—763年），唐代高僧，律宗南山宗传人，日文称がんじん；俗姓淳于，扬州江阳县（今江苏扬州）人。天宝元年（742年），日僧荣叡、普照来华学佛留学，并敦请鉴真赴日传法。鉴真欣然应允，并克服万难，先后六次东渡始获成功，其间甚至曾漂流至海南岛。已届晚年的鉴真，携带佛经、佛具及佛像，于天宝十三载（754年）抵日，此时鉴真已双目失明。但他仍致力弘法，为日本天皇、皇后、太子等诸皇族授菩萨戒，为沙弥证修等四百余人授戒，并传播中国文化与医药知识，甚至曾治愈光明皇太后及圣武太上皇。他所带香料药物等，至今日本奈良唐招提寺及东大寺正仓院皆存其遗迹。鉴真更获孝谦天皇授"传灯大法师""大僧都""大和上"等封号，统理日本僧佛事务，更成为日本律宗初祖。日本人民更誉之为"过海大师""天平之甍"——意谓其成就足以代表日天平时代文化的屋脊。其著作有《鉴真上人秘方》，惜未见流传。同时鉴真也是书法名家，其《鉴真奉请经卷状》被视为日本国宝。

759 年，鉴真及其弟子合力设计建造唐招提寺，在营造、塑像、壁画等方面引用唐代先进的工艺，此后即在此传律授戒。四年后，鉴真于此坐化，得年七十六岁。

三杯草圣传，落纸如云烟
张旭《古诗四帖》

张旭（生卒年不详，一说是 658—747 年），字伯高。世称"张长史""草圣"，与怀素并称"颠张醉素"。唐文宗曾诏以李白诗歌、裴旻剑舞、张旭草书为"三绝"。亦工诗。传世书迹有草书《肚痛帖》《古诗四帖》、楷书《郎官石记》等。

《古诗四帖》较之过往书家作品更见狂放，章法疏密安排更出人意表，打破了魏晋时期略显拘谨的草书风格。前二首为庾信《步虚词》，后二首是南朝谢灵运《王子晋赞》和《岩下一老公四五少年赞》（疑为伪托），墨迹中有若干字与原诗有出入。

其一：
东明九芝盖，北烛五云车。飘飘入倒景，出没上烟霞。
春泉下玉霤，青鸟向金华。汉帝看桃核，齐侯问棘花。
应逐上元酒，同来访蔡家。

其二：
北阙临丹水，南宫生绛云。龙泥印玉简，大火练真文。
上元风雨散，中天哥吹分。虚驾千寻上，空香万里闻。

其三：

谢灵运《王子晋赞》

淑质非不丽，难之以万年。储宫非不贵，岂若上登天。
王子复清旷，区中实哗（衍文）嚣喧。既见浮丘公，与
尔共纷繙。

其四：

《岩下一老公四五少年赞》

衡山采药人，路迷粮亦绝。过息岩下坐，正见相对说。
一老四五少，仙隐不别可？其书非世教，其人必贤哲。

大福

东京文京区音羽附近有护国寺，是幕府五代将军德川纲吉依母亲桂昌院的愿望建立的寺庙，正殿供奉如意轮观音。

在日本看到汉字，常有读东晋人手帖的感觉。就像"音羽"二字，华人的地区已经不常用。古代分宫、商、角、徵、羽五音，最高、最细、最飘逸的音，称为"羽音"。京都清水寺有"音羽之泷"，是一线细泉从高崖处悬空飞下，泉声极细，听觉上如闻"羽音"，因此定名"音羽之泷"。

手帖时代的文人多擅鼓琴，对"音羽"二字应该有很深的感受。总觉得"音羽"二字，可以写成很漂亮的帖。

护国寺建于十七世纪，庙门口两尊木雕金刚力士像，两米多高，狰狞威武，肌肉虬结，双目圆睁，炯炯有神，很有叱咤天地的大唐之风。民间常说"哼哈二将"，很形象化地形容了传统庙口守护神像又"哼"又"哈"的夸张动作姿态。寺庙安静，有近江移来重筑的桃山时代的书院"月光殿"，朴素平和，毫无霸气，使人想起奈良的唐招提寺。

寺庙中茶花极好，白色单瓣，中间一圈黄蕊，安静不喧哗。红色极艳，开得烂漫，一朵一朵，在深绿色油光发亮的叶丛间，鲜明夺目，不可胜数。如天上繁星，数一数，又要重来。

花朵和星辰一样，计量数字仿佛都无意义。护国寺钟塔石级前一方清晨阳光，如金黄的方巾，也像丝缎坐褥，方方整整，恰好可以容一人盘膝静坐，把面前数错的花都从头再数一次。

寺前有一条大道，走不远就看到一西式洋楼，面宽约有三十米，门前有希腊式巨柱，是著名的出版社——讲谈社。

讲谈社是 1909 年成立的老字号出版公司，原来是大日本雄辩会，1958 年才改为现在的名称，出版青少年杂志，举办漫画征奖比赛，出版通俗畅销读物，是日本活跃的出版机构，有一千多名员工。

我有许多二十世纪七十年代在神田二手书店买的画册都是讲谈社出版的，因此有些熟悉的感觉，又看到出版社大楼门口悬挂大幅大江健三郎新书广告，就停下来看了看。上午十点钟左右，讲谈社大街对面，人来人往，川流不息，不一会儿，一间小店门前就排成一列队伍。小店门宽大约只有三米，店门上悬着一横匾，白色木牌上墨书"群林堂"三个秀雅汉字。

朋友告诉我这是东京做传统大福的有名小店，主人姓池田，创立于大正五年（1916年），现在的经营者已经是第二代，还坚持用传统的方法，精选北海道富良野的红豆，加上十胜的小豆，做出口感特殊的豆大福，近一百年来，成为东京著名小吃的老字号。

"群林堂"每天九点半开张，民众自各地来排队购买，卖完为止，绝不多做。我忽然想起台南小巷弄里同治年间的包子店，也一开张就引来排队人群，老字号的口碑能不萧条，特别使人觉得人世安稳。

朋友也告诉我，因为"讲谈社"有一千多名员工，文化领域的工作者，多讲究美食品味，"群林堂"就有了基本客户支持。大出版社又常以小店小吃做礼物，赠送知名作家，如三岛由纪夫等，有知名文人背书，"群林堂"的小吃更增加了不同的内涵。

我偶然到此，恰好是开市时间，觉得有缘，也排队买了四个大福。重新走回到护国寺的茶花前，坐在阳光里，取出大福来吃。

大福外层麻糬撒有白霜一样的细粉，细粉松爽，麻糬滑腻，咬下去，内馅是两种不同质感的红豆，一绵密，一脆实，好像踩在初雪上，松脆滑腻，口感丰富，使人欣悦满足。

我无端想起，王羲之《转佳帖》里用到"噉"这个字，是说他身体不好，少"噉脯"，时"噉面"。一幅手帖里用了两次"噉"，这个字，现代人不多用了，或有时用同音的"啖"，有嗜吃的意思。

我在冬日阳光里口啖大福，不知道如果是王羲之，今日的手帖会是"音羽帖"，还是"大福帖"。

小津

手帖美学一直延续到现代日本文化，大正时期，受西洋文学影响的芥川龙之介，他的小说仍然是手帖的品味。《罗生门》里各说各话的人物，使一个故事拼凑不起全貌。恰如王羲之的手帖，常常旁敲侧击，也只能领略一个时代大概的轮廓。手帖里的事件，不清晰，也不确定。

芥川最像手帖的作品是《芋粥》《鼻子》，短小篇章，寥寥一两页，读完只有人性怅然的荒谬，觉得啼笑都不宜。

我到东京根岸下町一带闲逛，走过巢鸭，偶然经过染井灵园，在慈眼寺的墓地见到芥川的墓。一块黑灰方石，素朴无纹饰，上刻"芥川龙之介"，字体像东晋手帖。墓侧一株桂花，枝叶扶疏，我去时是冬季，已过了花期，只在墓前一拜。芥川去过南京，是东晋的故城旧都。他写的《南京的基督》是信基督教患病的南京妓女的幻象故事。芥川羸瘦削薄，很像基督。读那篇小说，觉得也许芥川是在写自己的前世，一千多年前那个颓苦又美丽的南朝前世。

黑泽明改编过芥川的《罗生门》，但是黑泽明不像南朝手帖，他有太多天下兴亡的沉重，更适合拍摄史诗。

最像手帖的日本导演还是小津安二郎，他在"二战"后的每一部影片都像手帖，《早安》像《快雪时晴帖》，《晚春》像《寒切帖》，《东京物语》像极了《丧乱帖》的无声之泪。

平凡无事生活，随手记录，情深到了若有若无，小津或许比许多书法家还更领悟了手帖美学的神髓。

我特别喜欢《早安》，清晨月台候车，人与人的寒暄，"早安啊——""天气好呀——""谢谢啊——""劳驾了——"，完全没有内容的对话，是日本到现代仍然保持的许多生活里的"敬语"。像王羲之手帖里重复说的"顿首顿首"，没有特别意义，但是历经战乱，颠沛流离，生死聚散，只能珍惜说"敬语"的一点幸福了。

手帖读完,记得的常常只是"顿首顿首""奈何奈何"这些无意义的词句。

手帖其实不是书法,手帖是洞彻生活的空灵明净小品。小津的墓石上,没有名字,没有时间,没有生平事件,没有职称头衔,只有一个"无"字,在空空洞洞的碑石上,比书法家的书法更像王羲之。

看小津的《晚春》常常悲从中来,战争过完,单亲爸爸带着女儿生活。女儿大了,守着老父亲,怕父亲孤单,不肯出嫁。邻里非议父亲自私,女儿才开始相亲,议论婚事。出嫁前夕,父亲无眠,女儿也无眠。清晨父亲起床,看到二十年来女儿为他准备的梳洗盥沐的一切,折叠方整的毛巾,挤好牙膏的牙刷,漱口杯——镜头静静扫过,二十年岁月,二十年的依靠,二十年的委屈,二十年的心事,这是最后一次。新妇盛装的女儿跪下,拜别父亲,盈盈泪眼,只叫了一声:"父亲——"使人想到的是手帖里的"顿首"与"奈何"。

看小津的电影常常忽然想到流传到日本的手帖,帖里的一两个句子,像《丧乱帖》里的"痛贯心肝,痛当奈何","临纸感哽,不知何言"。心中哽咽,无话可说了。

《频有哀祸帖》里的"悲摧切割,不能自胜","悲"字写得像马勒的音乐，高亢凄厉，像一丝一丝切在肺腑上的刀痕。

《频有哀祸帖》摇荡萧散，京都文人的"落柿舍"，茅屋疏篱，几株柿树，在对的季节去，树上悬着金红柿子；但大多时候，只是枯枝疏叶，前面一方萝卜菜圃，平淡到像一册晋人手帖。

《忧悬帖》附在《孔侍中帖》之后，寥寥三行："忧悬，不能须臾忘心，故旨遣取消息。羲之报。"——总是担忧，心放不下，所以派人询问消息。

几幅好的王羲之手帖都传到了日本，《频有哀祸帖》《孔侍中帖》《忧悬帖》三帖裱成一轴，收藏在前田育德会。

手帖美学在日本深入生活，连小居酒屋的点菜单，用毛笔书写，也像手帖。

除生死苦乐的矛盾外，别无人生
芥川龙之介

　　日本小说家，号"澄江堂主人"，笔名"我鬼"。1892 年生于东京下町。一生创作一百四十八篇小说。篇幅皆不长，但取材新颖，情节新奇甚至诡异，作品关注社会丑恶现象，但很少直接评论，却让读者深有所感。代表作品如《罗生门》《竹林中》等已成经典之作。

　　1927 年 7 月 24 日凌晨，芥川因"恍惚的不安"在自家书房中服食大量安眠药自杀，留下给亲友的遗书，以及《送给旧友的手记》与多篇遗稿。八年后，他的好友菊池宽设立文学新人奖"芥川赏"，现已成为日本最重要的文学奖之一。

家族之味，人情之美
小津安二郎

日本电影导演，1903年生于东京深川。幼时喜欢绘画，1923年进入松竹映画的蒲田摄影所当摄影助理，1927年正式升格为导演，首部作品为古装片《忏悔之刃》。早期广泛拍摄各类影片，以青春喜剧居多。大战后则专注于以一般庶民日常生活为主的小市民电影，到1962年最后一部遗作《秋刀鱼之味》为止，共创作五十四部作品，尤以《晚春》《东京物语》《彼岸花》《秋日和》《秋刀鱼之味》等为代表作，淋漓尽致地呈现了日本文化里的"物哀"美感。小津安二郎以低视角仰视、固定摄影机位、静物画般精心构图等拍摄方式独树一帜，也成为后进导演钻研的对象。他于1963年诞辰病逝，享年六十一岁。墓碑依其遗愿，只刻一个"无"字。

花事

京都先斗町的清晨空荡寂寥，前一夜摩肩接踵的人群散了，一条长长的笔直巷弄，没有行人，可以从头看到尾，像看着每个人自己热闹又荒凉的一生。

巷弄两边，一间一间的茶室、料亭、啤酒屋、歌舞场，都关着门，没有营业。偶然一扇窗拉开，露出一张艺伎的脸，留着昨夜的残妆，粉白的颈子，抹红胭脂的惺忪眼皮，匆匆眼波流转，也即刻把窗又合上了。

先斗町的窄巷里有艺伎歌舞练习场，大概是 1930 年前后的欧式建筑，贴着和台北中山堂一样的淡灰绿条纹长方瓷面砖，使人想起那个学习西洋的日本明治时代。

穿过先斗町，绕到木屋町，高濑川旁樱花盛放满开。

高濑川是往昔为了运送物资开的一条水渠，从鸭川引水，两米宽，河渠下面铺方石板，水很清浅，两旁密植樱花。一到樱花盛放时，天上、地下，水面上漂浮回旋的，空中随风飞扬聚散的，都是樱花。

花瓣在水面浮荡，越聚越多，在凹洼处聚成花沤，野鸭戏水，一头钻潜下水，过一会儿，抬起头来，腥绿鸭头上一堆粉红花瓣，惹游人发笑。

游人自己也脚步踉跄，每一步踩下去都是樱花，不知如何躲闪。花开到如此，花落到如此，使人意乱心慌，仿佛生命可以这样奢侈挥霍，令人赞叹，也令人感伤。

无端想起王羲之手帖某一处有"雨快"二字，好痛快的雨，好爽快的雨，生命可以有一次这样任性放肆的挥霍吗？邻近街道有救护车驶过，呜呜尖锐警笛，刺耳鸣叫，由远而近，由近又远。好像吊着一个垂死挣扎的心脏，鼓动膨胀，却又随时都要停止，令人胆战心惊。看花的人一时都回头张望，没有看到什么，只是漠然等候救护车呜呜尖锐叫声去远。

而花依然这样飘零四散，没有一点动容，没有一点收敛，没有惋惜，也没有留恋。高濑川是小街道旁的水渠，在小空间里，花的繁盛特别显得密聚浓烈，春天的撒野也特别令人惊心动魄。

从高濑川转到鸭川，河面宽阔，尤其是出町柳一带，贺茂川与高野川两条大河自北南来，在此汇聚，水势浩荡，汹涌澎湃。两岸也都有樱花，但天辽地阔，江山邈远，花变成只是天地江山间一点点渺小点缀，远远救护车的鸣笛也不容易使人惊动。

鸭川河床水中铺垫有一米见方的大石块，十几块巨石排成一列，可以从此岸踩踏石块到彼岸去。有的石块粗粗雕成石龟形状，像一只只大龟浮水泅泳，人们就踩着龟背渡河。

从鸭川上溯到高野川，沿河往京都东北方走去，一两小时，沿岸都是老樱花树，斜枝横伸，长长迎向水面，几乎紧贴在水上，花枝摇漾，随水波起伏低昂。临水自照，花影迷离，恍如在水波明镜中忽然看到自己，也不由得悚动惊慌起来。

这一带游客也少，四周无喧哗，偶然有学校教师带小学生看花，儿童也并不闹，三三两两躺在堤岸坡地上，看空中花片飘落，落在发髻上、额上、胸前、手上，儿童就拿花在手指间把玩。

高野川整治得很好，两侧堤岸高低都有路径、草坡、座椅，方便游人从不同角度观赏樱花。

河流的堤岸太过人工也会失了生态原始秩序，高野川的堤岸多处还是土坡，也多沙渚，长着一丛一丛的草和野菜，有当地妇人提篮蹲在渚上采摘野菜，不觉得是在繁华都市。

河流中央也有沙洲，白鹭栖息，野鸭游泳，乌鸦低头觅食，小小白鹡鸰在草丛间闪动跳跃。

河流是许多生命的栖息之所，城市河流如果失去生态循环，也不会孕育有生命力的城市居民吧。

白鹭一展翅，翱翔飘荡，像仙人棹云而来。野鸭呱呱大叫，奋力疾飞，如箭矢激射而出，在水面划出长长一道水痕。

"鸢飞戾天，鱼跃于渊"，高野川两岸，春天的花还是自顾自地飘零飞扬。

书空

读《世说新语》，对殷浩这个人很感兴趣。

殷浩不是书法家，也没有书法作品传世。但是他有一个故事流传很广，常让我想到书法，一种没有作品存留下来的书法。

殷浩兵败，被废为庶人，对着空中写字。一般人看到他用手在虚空中比画，像精神错乱的呓语。有心人随他空中的点捺笔画研究，发现是"咄咄怪事"四个字。"咄咄"只是声音，人在悲痛、愤怒、受伤中，像回复到动物本能，身体里会发出

"咄！""咄！"没有意义却充满情绪心事的连续声音。

殷浩如果把四个字用毛笔蘸墨写下来，就是书法了。但是他只是用手指在空中画字，一种看不见的字，一种没有形迹的书法，民间成语叫作"书空咄咄"。我在思维"书空"两个字的意义，像没有招式的武功，像东方哲学说的"大象无形"，不可捉摸、无有形迹。

《世说新语》里关于殷浩的片段散在不同的篇章，零碎而不能连贯。那些零碎片段，却似乎可以拼出一个极具文学性的"殷浩"，充满人性上的矛盾，充满领悟与执着之间的纠缠，也许是进入晋人生命形式一个有趣的范例。

殷浩早年的生活有一则故事值得注意，是他曾经在"墓所"住了近十年。选择住在墓地，长达近十年，不是普通人会有的行径。殷浩住在墓地，却声名远播，当时舆论把他比为管仲、诸葛亮，并且开始传出一种"民调"——殷浩出不出来做官，将是影响东晋政权存亡的关键。《世说新语》用的句子是"起不起，以卜江左兴亡"。

殷浩住在墓地，或许像武侠传说中的高手，勘悟生死，了无挂碍。当然，也一定有人认为殷浩是以此作为追逐名利的快捷方式。因为殷浩最终出来做官了，不但做官，而且大权在握，搅入东晋最险恶的政治权力斗争之中。

《世说新语》记录殷浩最多的地方在《文学》一章。从多达十几条的记录里可以揣摩出一个才华横溢的殷浩。他思辨能力极强，精通《易经》、《老子》、《庄子》、魏晋玄学，深入研究佛法经典，他论辩才性的同、异、离、合，承继魏正始以来"四本论"的一脉传统。东晋江左风流，殷浩在名士间曾惊动一时，在所有"清言"的场合都留下他俊逸非凡的身影。

这样英姿勃发的殷浩，是那个曾经在墓所住了近十年、了悟生死的殷浩吗？

他在座的场合，东晋政权核心人物司马昱，权臣庾亮、褚裒、桓温、王导、谢安也都在座，而同时一代高僧像慧远、支道林也都与他有过论辩，初到江左的胡僧康僧渊在市肆乞讨维生，一天忽入殷浩家中，也是殷浩请他入座，与宾客言及义理。

在市集酒肆中，请一名衣衫褴褛的乞丐入座家中，为权贵说佛法大义，这段故事，也使人觉得殷浩像侠客传奇里的不凡高手。

有人问殷浩：为何梦到棺材会做官，梦到粪便会得财富？殷浩说：官是尸臭，财富本是粪土。

可以想见愤世嫉俗的魏晋名士听到这样回答时的快乐。这也是殷浩故事中被引用得最广的一段。

但是，殷浩还是一个谜。

这个读佛经"小品"认真到加了两百个书签作标记的"清谈者"，究竟为何出来做了官？为何陷入充满政治斗争的旋涡中？

当时东晋政权握在桓温手中，执政者惧惮桓温权力太大，利用殷浩，制衡桓温。殷浩曾经数次与桓温交锋，桓温直截了当地问殷浩：我跟你比，如何？这是正面挑衅了，殷浩回答得极巧妙，他说："我与我周旋久，宁作我。"这一句话有不同解读，有人认为是"我与君周旋久，宁作我"。

我还是喜欢《世说新语》旧本："我与我周旋久，宁作我。"没有比较之心，没有输赢，只是回来做自己，是在墓所住了近十年的人应该有的领悟。

然而，为何殷浩最后还是落入了"书空咄咄"的结局？

也许应该读一读王羲之写给殷浩的信了。

宇宙虽广，自容何所？
殷浩，桓温

殷浩（？或303—356年），东晋大臣，字渊源，陈郡长平（今河南西华）人。殷浩识度清远，弱冠有美名。尤善玄言，屡辞征召，为风流谈论者所宗。建元初，343年被征为建开将军。

永和五年（349年），后赵主石虎死，北方再度混乱。朝廷以浩都督扬、豫、徐、兖、青五州军事。浩以定中原为己任，上疏北伐。因部将姚襄反，浩遣将击之。军败，浩遭废为庶人，以此郁郁而终。卒后追复本官。著有文集五卷（《唐书经籍志》《隋书志》作四卷）传世。

桓温（312—373年），字元子，东晋大将，谯国龙亢（今安徽怀远）人。官至征西大将军、大司马、南郡宣武公。殷浩北伐大败，桓温遂掌大权。并分别于永和十年（354年）、永和十二年（356年）、太和四年（369年）北伐，初皆捷，却未能持续获得关键性战果。371年至373年（海西公、简文帝、孝武帝时），桓温独揽朝政，欲篡位自立，但多方顾虑未能发难，忧愤而死。追赠丞相。著有《请还都洛阳疏》《辞参朝政疏》《檄胡文》《上疏自陈》等。

永和九年

暮春时节，不能不想到兰亭。

永和九年，王羲之与四十几位朋友亲眷走向兰亭，留下了传世不朽的文学经典与书法名作。也正是那一年，殷浩北伐中，前锋姚襄阵前反叛，殷浩大败，折损万余兵力，朝野沸腾，给了政敌桓温一个最好的机会，桓温上疏朝廷，历数殷浩罪状，殷浩因此被废为庶人。

从权力的云端坠落，在悔恨、惊惧、怨痛、羞耻的情绪折磨下，殷浩在空中重复书写着"咄""咄""怪事"。

政治斗争残酷，殷浩没有被政敌处死，只是被废为庶人，在晋代历史上已属幸运了。他的心情却无法平静，或许因为对政治的恐惧，他的落寞伤痛也没有变成可以流传下来的书法墨迹，只是在虚空中比画，随风声叹息逝去。

手帖　南朝岁月

殷浩掌握大权时，曾经邀请王羲之出来做官，王羲之回了一封信——《王羲之报殷浩书》，是魏晋文学里大家熟悉的一篇文字。

王羲之信写得很委婉，一开始表示自己从不想做官——"吾素自无廊庙志"，连他的伯父王导做丞相时，要他出来做官，他也拒绝了。王羲之特别举证，拒绝做官的那封信都还在，"手迹犹存，由来尚矣，不于足下参政而方进退"。王羲之声明不是因为殷浩才不出来做官。世家子弟，知道政治现实残酷，谨慎响应，不敢有一点掉以轻心。

王羲之回答殷浩的信，只强调自己一向无仕宦之心，却不敢让殷浩感觉到被拒绝的难堪。信的第二段仍然反复说明如果与殷浩共事，将全力为他效命——"若蒙驱使，关、陇、巴蜀，皆所不辞。"殷浩被起用是在永和二年（346年），王羲之回绝殷浩做官邀请应该也在此时。

永和八年（352年）殷浩出兵北伐，王羲之也曾经写信阻止。王羲之认为当时东晋并没有向北方用兵的能力，应该力保长江以南的安定，使庶民免于涂炭。"力争武功，非所当作。"王羲之分析天下形势，衡量南北兵力强弱，对殷浩的贸然北伐，期期然以为不可。王羲之对这次北伐的悲剧性说了八个字——"宇宙虽广，自容何所"，宇宙这么广大，你要在哪里立足容身？一个长年精研老庄易理佛学的殷浩，竟然读不懂王羲之这八个字的深刻意义吗？王羲之终于没有走向官场，而是走向了兰亭。在永和九年的春天，王羲之走在兰亭山阴道上，那一天，"天朗气清，惠风和畅"，那一天，路的两旁是"崇山峻岭，茂林修竹""清流激湍，映带左右"，王羲之写下了动人的句子——"仰观宇宙之大，俯察品类之盛。所以游目骋怀，足以极视听之娱，信可乐也。"

两次谈到"宇宙之大"，一次是预知殷浩军事行动的悲剧结局时，一次是在殷浩出兵之后带领子侄好友走向兰亭的春天。

永和九年，殷浩走向了他已无法控制的政治陷阱，带领大军，以刚投降不久的羌族将领姚襄领兵北伐。

一个在墓所韬光养晦近十年的殷浩，一个读佛经"小品"加两百个书签的殷浩，一个高谈阔论才性异同让一代精英名士汗颜的殷浩，因为权力的得意，一时迷失在政治陷阱之中，走向兵败如山倒的悲剧。长久等待除掉殷浩的权臣桓温窃喜，因为政敌正走向预设好的圈套。

永和九年十月，殷浩率领大军七万，以姚襄为前驱北伐，姚襄阵前叛变，殷浩大败。殷浩的故事还留下一个更难堪的笑话——桓温公开表示，殷浩罪过不大，只是不适合领军，想再度起用殷浩做政务官。殷浩在被废黜的绝望中突然听到这消息，感激涕零，立刻写信感谢桓温。信写好了，总觉得还不够恳切，一再拿出来看，如此反复数十次，最后竟然寄出了一封空函。桓温收到空函，大怒，以为殷浩戏弄他，殷浩因此再也无翻身之日，郁郁而死。

永和九年春天，王羲之应该庆幸他走向了兰亭。

微醉之中，振笔直遂
《兰亭序》

又名《兰亭宴集序》《兰亭集序》《临河叙》《禊序》《禊帖》。行书法帖。东晋穆帝永和九年（353年）农历三月三日，王羲之同谢安、孙绰等四十一人在会稽山阴（绍兴）城西南的兰亭修禊事（到河边洗濯，以祓除不祥，清除积垢），众人饮酒赋诗，汇诗成集，羲之即兴挥毫（此说至今犹有争议）作序，即成《兰亭序》。

此帖为草稿，二十八行，三百二十四字，记述当时文人雅集情景；后世咸以此为王羲之书艺巅峰之作。据传唐太宗死时将其殉葬昭陵，致仅有摹本传世，而以冯承素所摹"神龙本"最著，石刻则首推"定武本"。宋代米芾称之为"天下行书第一"。宋高宗亦对之有"遒媚劲健，绝代更无"之誉。

原文：

永和九年，岁在癸丑，暮春之初，会于会稽山阴之兰亭，修禊事也。群贤毕至，少长咸集。此地有崇山峻岭，茂林修竹，又有清流激湍，映带左右，引以为流觞曲水，列坐其次。虽无丝竹管弦之盛，一觞一咏，亦足以畅叙幽情。

是日也，天朗气清，惠风和畅。仰观宇宙之大，俯察品类之盛。所以游目骋怀，足以极视听之娱，信可乐也。

夫人之相与，俯仰一世。或取诸怀抱，悟言一室之内；或因寄所托，放浪形骸之外。虽趣舍万殊，静躁不同，当其欣于所遇，暂得于己，快然自足，不知老之将至；及其所之既倦，情随事迁，感慨系之矣。向之所欣，俯仰之间，已为陈迹，犹不能不以之兴怀，况修短随化，终期于尽！古人云："死生亦大矣。"岂不痛哉！

每览昔人兴感之由，若合一契，未尝不临文嗟悼，不能喻之于怀。固知一死生为虚诞，齐彭殇为妄作。后之视今，亦犹今之视昔，悲夫！故列叙时人，录其所述，虽世殊事异，所以兴怀，其致一也。后之览者，亦将有感于斯文。

苦楝

城市里预告春天来临的花常常是杜鹃。杜鹃有白有红，姹红深紫，错杂堆叠，色彩缤纷。几日春雨，一夕之间，各种颜色艳丽的杜鹃绽放，花团锦簇。堆拥在城市马路两边的花圃，使人惊动，像欧洲巴洛克时代君王莅临大厅时的嘹亮号角，高亢而华丽。

离开城市，岛屿四处也都是春天了。在僻静山野间，在辽阔的水岸角落，在少有旅人经过的幽长小径，在废弃颓坏的小区房舍巷弄，也有一丛丛的花树预告春天的降临，是浅淡粉紫的苦楝花，静悄悄，无声无息，在高大树上开成一片一片。

苦楝树可以长到十米以上，主干粗壮，枝叶扶疏，有一种大树的气派。

二月底，刚过完春节，天气一时转暖，苦楝陆续开花了。

花开在高大的树梢，一蓬一蓬，一簇一簇，要有远观的距离，才能看到苦楝开花时盛大的全貌。那一片无边无际、若有若无的浅粉淡紫，像浩大的春光，安安静静，缓缓流动，没有一点霸道，没有一点存在的骄矜与傲慢。

三月初，坐火车从花莲到台东去。沿路经过凤林、瑞穗、富里、池上、海端、月美、鹿野——整个花东纵贯线，两侧山坡上，全都是苦楝，迷迷蒙蒙，隔着车窗，在火车缓缓滑行的速度里，远远望去，像一片一片浅紫色的雾，在初春的阳光里摇漾浮游，如梦如幻。

春天的来临也可以这样安静，像心中喜悦，嘴角眉梢荡漾起来的一点点微笑，淡到不容易觉察。

苦楝是高大乔木，花却精致细小。五瓣的裂萼，浅浅的粉色，细小花蕊上一点轻细的浅紫。花瓣比油桐、七里香还细巧，远望看不出花的形状，衬托在一片葱绿的树叶间，只是一片蒙蒙的极浅极淡的紫色的雾光。像二十世纪初印象派和象征主义的粉彩画，使人想起德加（Degas），想起雷东（Redon）。

粉彩是娇嫩轻盈的色彩，像蝴蝶翅翼上斑斓的细粉，不堪触碰，一碰就要随风散化逝去。

巴黎奥塞美术馆顶楼有一间小小陈列室，里面有德加小幅的纸本粉彩精品，展览室里连光线都幽暗，怕光线太强，伤了纸，也伤了粉彩。

苦楝的色彩太像粉彩了，一株巨大的苦楝，千万朵小花连成一片紫色烟雾，在葱绿色羽状细长的叶丛上随风扶摇，似花还似非花，迷离轻盈，叶子和花，都像一缕一缕用手不能盈握的光，即使握到，也顷刻就要流逝散化而去。

其实春天河面上慢慢流动的雾也是带着浅浅的紫色的，通常那"紫"不完全是色彩，而是一种光。色彩着相，光却是无常。

苦楝浅淡的紫雾之光使我想起《维摩诘经》里的句子——"是身如幻，从颠倒起。"

我们贪爱执着的，竟常常并不具体，也无色相，仿佛只是前世纠缠过一时忘不掉的记忆。

看完苦楝回头来读晋人手帖，觉得字迹里也都是浅浅的紫雾的光。

汝不可言，未知集聚日，但有慨叹。

《淳化阁帖》里的拓本应该是墨色的，为什么我看到了紫雾色的光？

《寒切帖》是唐人的摹本墨迹，墨色里也有紫雾的光。

"墨"其实不是"黑"。真正的"墨"是松烟，或桐烟，松木或桐木燃烧升起的烟。烟升到最顶端是"顶烟"，是最细小、最轻盈的树木分解散化剩下的微尘。最好的书法里有动人的墨的微尘的流动，因此不是凝滞呆板没有变化的黑，而是闪动着丰富色相如梦如幻的一种光。

《寒切帖》的唐摹本是我看过最美的墨色，经过一千多年，那燃烧后飞升起来的树木的微尘，凝聚涣散在纸上，像远远看到的苦楝的紫雾之光，用不同的方式说着"是身如幻"的故事。

三月十七日，河面上吹南风，河岸边两年前移种的苦楝，一株一株开花了，姹紫嫣红，花随叶片飞扬，像凤凰的尾羽。新种的树，虽不高大，花容也颇可观。四五十年后，看倦晋人手帖，走到河岸边看花的人，会看到更盛大的春天吧。

声明

京都东北比睿山一带，山峦苍翠起伏，十分幽静，是秋天观赏枫叶的好处所。尤其是三千院的红叶，一到秋深，绿黄褐红，重叠交错，覆盖在山路小径溪涧两旁，色泽层次，变化万千，游客在山路窄径上迂回流连赞叹，络绎不绝。

川端康成在《古都》里提到三千院，却不是秋天的红叶，而是初春刚刚绽放抽长的新枫的翠绿新叶。

四月二日到京都，正是樱花盛放满开，因为川端的《古都》，我去走了一趟三千院。

从大原下车，沿山路向上攀爬，小小山路，一旁是潺潺不断的吕川，溪涧水声琤琤琮琮，像玉石相撞敲击的轻细脆亮之声。

两侧山坡上一株一株笔直俊挺拔起二十余米的水杉，林隙光影迷离，偶然一线阳光照亮刚抽出的一簇枫叶新芽，果然鲜明亮眼，却又幽静沉着，没有春花的喧哗。

其实更好的是游人稀少，游客都拥挤在山下看花，没有人在这个季节上山，新嫩的枫叶怡然自得，可以在春雨中静静生长。

三千院是大寺院，佛事频繁，也有车径可以到达。

三千院过了，沿吕川上溯，山径更陡斜，吕川溪涧深谷乱石间急湍飞瀑，水声呜咽、悲鸣、啸叫，高亢如筚篥，使我想起雅乐里的《春莺啭》。

山路高处有寺名来迎院，是极素朴简静的禅院，小小殿庑，供奉药师、释迦、阿弥陀三尊，门扉虚掩，满地苍翠青苔，没有游客，也不见寺僧。

来迎院是九世纪慈觉大师圆仁（793—864 年）开山的道

场，圆仁曾留学中国，在五台山修习佛家诵念佛经梵呗的"声明"，回国后，选择了比睿山一处像五台山的处所，即鱼山，建寺授徒，传习"声明"。

京都寺院里常听到诵经声明，觉得是为做佛事念诵经文，内容意义大过对声音本质的要求。但以"声明"的传习来看，诵经念佛也是僧侣信众以声音修行的一种法门，声音离开文字语言，还原成呼吸，脉搏律动，还原成最单纯的心事。

圆仁在大原开创了声明修习道场，从九世纪到十二世纪，数百年间，传法不断，徒众甚多，传承日本声明的一脉烟火，也入世为人间诵念，在愤怒、嗔恨、嬉笑、泣咽、哭声的喧哗里，用声音的专注为众生升华出心灵静定。

十一世纪末十二世纪初，大原的声明道场有了新一代弘法大师良忍（1072—1132年），在圆仁的道场建来迎院，使大原一派的声明修习发扬光大，成为日本诵经梵呗的中心。

据说，良忍每日诵念《法华经》，为了修习声音的专一、安定、沉着，他带领徒众在来迎院的后山一处水声喧哗的瀑布崖石边大声诵经。良忍声音精进勇猛，带领众僧徒，用声音佛号与水声日日对话。

传说当时参与声明的在场者，最后听不到水声，水声融入声明，一念专一，喧哗可以沉淀，四野寂静，天地无声，是声明修行的最终功课吧。

这一处飞瀑因此被命名为"音无之泷"。"泷"音"霜"，原是流泉之意。北投还有几处泉称"泷"，用了古字。京都清水寺有著名的"音羽之泷"，是悬空一线飞瀑，声音轻细美如羽音。来迎院的飞瀑则是众声喧哗都入寂灭，因此是"音无之泷"。

我走到来迎院山后，吕川源头，一片高数十米的石壁，瀑布流泉千丝万缕，倾泻而下，水声喧哗，静坐凝神，知道还有声明的功课要做。

良忍带领的声明修习道场，使鱼山一带的流水都与音乐有了缘分，来迎院两侧溪涧，一称吕川，一称律川，仿佛也都合了乐律，是山水间的黄钟大吕。

吕川、律川汇入高野川，已是京都平野田畴。高野川在出町柳与贺茂川汇合，就是流入京都繁华街市间的鸭川。鸭川浩荡，春天两岸纷飞着樱花，游人如织，已经距声明道场的"音无之泷"源头颇有一段距离了。

美在于发现，在于邂逅
川端康成

川端康成（1899—1972年），日本新感觉派作家。于1968年以作品《雪国》《千羽鹤》及《古都》获得诺贝尔文学奖，是获得该奖项的首位日本作家。

《古都》为川端康成晚年于1962年发表的中篇小说。小说处理战后居住在"古都"京都的庶民家庭与工艺匠人徘徊在传统与现代之间种种爱憎烦恼情境，也呈现京都各种节日与季节变化的丰富风貌，并以京都各处名胜为背景，演绎人物关系。其中三千院坐落其间的北山杉林区，即故事场景之一。

三千院为天台宗寺院，原称圆融院、圆德院、梨本坊，山号鱼山，起源于788年。寺内主祀阿弥陀如来。寺内古树参天，青苔遍地，溪水潺潺，四月樱，五月杜鹃，七月紫阳花，秋季红叶，一年四季自然景致令人赏心悦目。

蛇惊

在高野川畔堤岸两三天，无事走走，不只是看花，也看夜鹭飞翔，看野鸭游泳，看白鹡鸰在草丛岸边闪动。

夜鹭展翅时，翅翮下亮出很淡的紫灰色，双翅张开不动，静静地在空气中滑翔而过。那灰紫，似曾相识，记起正仓院裱褙王羲之《频有哀祸帖》在久远岁月里褪了色的那一片残损缥绫。

不知何时在花树下石凳上睡去，睡醒，身上满满都是花瓣，拂去，一一撩在水中，引来一群野鸭，水上浮花一一被野鸭衔了去。

野鸭在落花间来去游泳，三三两两，它们身后荡漾开一个倒三角形拖得长长的水痕波影。波影闪动粼粼水光，是米芾藏在东京博物馆的《虹县诗卷》里最美的墨色飞白。船行江中，风振襟袖，须发皆动，下笔才可以如水波光影，迷离扑朔，不可捉摸吧。米芾有许多大件漂亮行书，多是在船行江中时写的诗卷。草丛水边黑白相间明丽的白鹡鸰特别娇小，处处晃动，那洁净的黑白相衬，像一册干净漂亮的欧阳询《卜商帖》，尖峭刚利，虚实分明，没有模糊之处。

有时候害怕初唐欧阳询的过度严谨刚锐，要到盛唐转中唐，颜真卿的饱满大气出现才使人安心。

乌鸦是特别胖大的，有一种重拙，有一种既慵憨又自负的神气，傲然在沙渚间走动巡视，好像不觉得自己是一只鸟。

初到河边，总是被花开烂漫吸引。第二次来，第三次来，看到的常常不是花，是花落在水面，随水浮荡回旋漂流的变化。花引导着视觉去观看水波去向，或快或慢，或沉浮，或跳跃，或回荡，或停滞，或原地旋转，或静静徘徊；或溶溶荡荡，汇聚成浓密一片，或一缕一缕，随水流成丝、流成线，若断若续，仿佛点点涓涓流成时间岁月。

河水中流，波涛汹涌，从闸门堤坝上直泻而下，水花溅迸，掀起雪白浪花。留在水面上的浮花也跳跃沉浮，随浪蕊上下摇摆晃动，在急速漩涡里打转翻腾。水流缓和之后，水势丰沛，表面平静，底层内在都是涌动的力量，使人想起颜真卿《祭侄文稿》笔势间架线条的饱满大气。

沙渚浅洼凹处，水流回荡，清浅可见水底石砾，水草水藻左右流动滉漾，细腻牵连如绢帕细丝，每一笔都像赵孟頫临写的《定武兰亭》。笔锋牵丝，如花蕊临风，是汤显祖《牡丹亭》绝唱的一句"袅晴丝，吹来闲庭院，摇漾春如线——"，春真如线了，细丝飞絮，明明没有，看不见，抓不到，却使人烦愁缭乱。

沙渚边缘，看水波荡漾回旋，看到有一米长蛇游动，我有些惊讶，初春十一二摄氏度的气温竟有蛇活跃。

不一会儿，有胖大乌鸦飞来，在蛇身四周走来走去，端详检查。原来游动的长蛇忽然静止，仿佛死去一般，完全不动。乌鸦看了很久，似乎无法判断真伪，最后绕到蛇的尾部，对着长蛇尾端细处，一喙叼下。蛇一受惊，如箭矢一般直射而出，从沙渚冲向水面，凌贴水面飞去，游到对岸沙渚，水面留下一线锐利水痕，像赵佶瘦金体的绝对犀利，无有妥协。长蛇顷刻消失在草丛间，乌鸦一时失去猎物，茫然四顾，两岸花开花落，仿佛无事。

孙过庭《书谱》里说的"鸿飞兽骇""鸾舞蛇惊"都是在讲笔法——飞起的大雁，受惊吓的兽，飞舞的鸾鹤，受惊蹿动的长蛇——汉字书法，或许隐藏着通向自然生命的密码，可以耐心解读。孙过庭书写《书谱》时，也看着夜鹭飞翔，鹡鸰跳跃，也都看到了受惊吓蹿飞而起的长蛇，看到茫然四顾不知所之的胖大乌鸦吧。

"导之则泉注，顿之则山安"，孙过庭《书谱》里说的是——汩汩涌出的泉水，是安稳宁静的一座山——手中的一支笔，可以如此流动引导，也可以如此没有非分之想地回来安顿自己。

后进奉以规模，知音或存观省

《书谱》

　　唐代书法理论家与书法家孙过庭（646—691年）草书作品。手卷、纸本。全长892.2厘米，高27.2厘米。现存三百五十一行，全文三千七百余字。作于唐垂拱三年（687年），原为两卷，后世所传学者疑多有脱佚。后收入清内府，并作为书法理论著作收入《四库全书》，原本现藏台北故宫博物院。

　　《书谱》同时是唐代今草的代表作品，或妍润，或粗放，尽展草书变化之美；也是中国首篇有系统的书法理论著作。不过在唐代未受重视，历数代以来，尊崇愈隆，咸称书、论双绝。

　　孙过庭原拟编撰一部有助于初学者的著作，惜有生之年未能完成，只遗下此篇绪论，内容分四部分：一是讨论书法的"博涉"与"精工"，强调兼通各种书体的重要性；二是阐述编录《书谱》的原则；三是举出临学的范本，并提点学者的临习需重内心而非外形；四论书法学习的进程、态度及境界。

智永

　　暮春三月去了绍兴山阴，这个时节来，当然是为了王羲之的《兰亭序》。有人认为《兰亭序》是后人伪托的作品，文章是假的，书法也是假的。这一派议论中最著名的是郭沫若。他用当时新出土的《王兴之墓志》《谢鲲墓志》比对东晋书法，证明当时还没有《兰亭序》的字体。他也从文学上比对，认为《兰亭序》是依据东晋《临河序》增添而成的后代伪作。

　　有学者把伪托的箭头指向陈、隋间的智永。智永禅师本姓王，是王羲之的七世孙，他勤练二王书法，推广二王书法。

　　王羲之写过《千字文》，但流传不广。南朝梁武帝命周兴嗣整理，把原来习字的范本，编成四字一句的韵文，朗朗上口，方便学习传诵。

　　"天地玄黄，宇宙洪荒。日月盈昃，辰宿列张。"周兴嗣编著的《千字文》把宇宙、天地、日月、山川，一直到四时、寒暑、云雨变化，一一整理出秩序。"寒来暑往，秋收冬藏""云腾致雨，露结为霜"，《千字文》成功地结合了诗与哲学的内涵，是一千五百年来汉字文化圈所有儿童借以启蒙的基础教科书。"资父事君，曰严与敬""上和下睦，夫唱妇随"，《千字文》借着童蒙初启，建立了不可动摇的宇宙伦理的秩序信仰。

经历梁、陈、隋、唐，一直到唐太宗年代，高龄近百的智永，像一则传奇，成为何延之"萧翼赚兰亭"故事里那个私藏着《兰亭序》稀世珍宝神秘高僧。

《兰亭序》的秘密关键是否真的在智永身上？

智永把当时童蒙教育广泛流传的《千字文》书写成真、草两种对照字体，誊写了将近一千本，分送江南各寺庙，使王羲之书法影响力扩大到儿童基础教育。经过这一次教科书的革命，后世认识的"王羲之"也自然而然是"智永体"的王羲之，与东晋王羲之的书帖文字颇有一段距离了。

阅读《万岁通天帖》里王羲之的《姨母帖》，用笔还颇有汉隶遗风。《兰亭序》的线条书法行气，却使许多人不由得联想起智永的《千字文》。

现藏日本的《真草千字文》墨迹本、现藏西安碑林的北宋

《千字文》石刻本都很完整，拿来与《兰亭序》比对，早已有人注意到相似之处。《千字文》与《兰亭序》都工整华丽妩媚，而王羲之《姨母帖》一类的手札却显然更率性洒脱自然。智永继承二王美学，渗入自己的创作，有当时隋碑的谨慎收敛，使人想起同一时间的《董美人墓志》和《苏慈墓志》，而《兰亭序》的美学气息也近似隋碑，与东晋人的烂漫自在并不相同。

智永有可能在《临河序》的基础上添油加醋伪造了《兰亭序》吗？这个一生勤练王羲之技法的高僧，又是王家嫡系（王徽之）子孙，书法好，文学也好，何延之的"兰亭"故事里总让人觉得这名高僧智谋广远，深藏不露。他会不会在圆寂之后留了一招，透过他的弟子辩才，骗过了萧翼，骗过了唐太宗，或许，连辩才和尚也蒙在鼓里，以为被"赚"走的是真本《兰亭序》。

何延之的"萧翼赚兰亭"的故事其实是可以重新解读的小说，"赚"这个字有趣；"赚"到《兰亭序》的未必是萧翼，也不是唐太宗，或许正是早已不在人世的智永老和尚。

多次暮春时节到兰亭，绍兴城改变很大，水渠不见了，石桥也不见了，幽深的巷弄也不见了。兰亭的茂林修竹、曲水流觞已很人工，康熙和乾隆书写《兰亭序》的"御碑"打坏过，重新拼接修整，供游客拍照。

如果兰亭是汉字历史中忘不掉的故事，一千六七百年间，穿凿附会，真与假错杂，交织成"故事"里难分难解的部分。

　　定在兰亭的路上，微风吹来，还是可以"仰观宇宙之大"，这一个春天，也如永和九年那个春天，一样花开烂漫。

存王氏典型，为百家法祖
智永

　　本姓王，名法极，法名智永，南朝陈、隋间书法家，会稽人，为王羲之七世孙，王徽之之后。善书法，尤工草书。山阴永欣寺僧，人称"永禅师"。尝闭门学书三十年，因有"退笔冢""铁门限"等逸闻佳话。智永初从萧子云学书法，后以先祖王羲之为宗，兼能诸体，于草最优。隋炀帝便曾说智永"得右军（羲之）肉"；隋唐间工书者鲜不临学。

　　智永书法流传甚广，宋御府即曾收藏智永草书十三件，真草十件。其《真草千字文》更流传至今，影响甚至及于日、韩。《真草千字文》以楷书对释草书，便于学书者释读，又能让人同时欣赏两种体裁的书法。智永的草书《千字文》完全得笔意于先祖王羲之，并承草字法规，但此帖每格一字，每字独立，却循规蹈矩，内敛形神，而无其祖字字相连呼

应之势，又于每个字中有一两笔特别加重笔力。在
《真草千字文》中的真书（楷书）是行楷，比正楷轻
快，每字中也有一二重笔，因而字态更生动劲雅。
唐宋以后的书法大家也大多喜欢师承永禅师的楷字。

领袖墨池，冠绝字内
王羲之行书《千字文》

　　传为王羲之临钟繇"古千字文"，北宋徽宗宣和
内府旧装。此帖流传有绪，并屡见于著录，多数书
家以之为真迹。卷上鉴藏印，始自北宋，历南宋、
元、明、清诸朝直至现代，竟多达一百五十六方。

　　《千字文》是中国古代蒙学教材，宋代以前传本
以后世流行的梁周兴嗣（？—521年）撰本为主，另
萧子范撰本已佚。王羲之行书《千字文》相较于周
撰本，内容固不相同，帖文开首"二仪日月，云露

严霜。夫贞妇洁，君圣臣良。尊卑□别，礼义矜庄。存而相欣，离戚悲伤……"等八句，尚可成韵，其后则辞语杂凑无序，不能克读。或为唐宋间高手摹集王字伪造，但仍极具文物与书法教学价值。

手帖　南朝岁月

跋

手帖

四月底，觉得花季都过了，其实不然。走在河岸边，黄槿的花开得正盛。朋友中认识黄槿的不多。小时候家住在河边，在未经整理的河滩烂泥地常有密聚的黄槿。树干不挺拔，枝茎扭曲错乱，结成木瘿疙瘩，像古人批评的朽木。很难拿来做家具栋梁，却使人想起庄子说的"无用"之材，因为"无用"才逃过人们的砍伐吧。

　　黄槿却不是完全无用，黄槿巴掌大、椭圆、近似心形的叶子，台湾民间常采来衬垫糯米粿。红的龟粿衬着黄槿的绿叶，是童年鲜明的记忆。

　　小时候在河滩玩耍，在密密的黄槿树丛里钻来钻去，常常会看到一只死猫的尸体，悬挂在不高的黄槿树枝上，腐烂了，嗡聚着一群苍蝇，发着恶臭。

　　黄槿，姿态低矮虬曲，有点卑微猥琐，生长在肮脏的烂泥滩，悬挂着动物腐臭尸体。这样的树木，好像很少人注意到它也开着美丽的花。

然而，黄槿的花的确是美丽的。

黄槿花是娇嫩黄色，小茶杯那样大小，五瓣裂萼。花蒂处圈成筒状，上端顺时针向外翻转。形状优美，像一盏清初官窑的鹅黄细瓷茶盅。特别是映照着阳光，花瓣透明成黄金色，花瓣一丝一丝的筋脉细纹，整齐洁净，清晰可见，使人想起女子藏在腰间的细丝绢帕。

黄槿花最美的地方是花蕊深处一抹深艳的紫色。包围在一片嫩黄色间，那浓艳的紫使人触目惊心。一枝强壮的雄蕊从墨紫深处直伸出来，颤颤巍巍，全心绽放，透露生命在春天肆无忌惮的繁殖欲望。

黄槿是顽强的植物，耐风，耐干旱，耐盐碱，因此常常蔓生在海河交界的岸边，在潮汐来去迅速的烂泥河滩。

很少人认识黄槿，或许是因为这花凋落特别快，还开得盛艳，却一朵一朵掉落一地。

散步时，常常是因为看到地上落花，才发现有一株黄槿树。

花掉落地上，也还完整。我捡起来把玩，黄紫的色彩对比，花瓣迷离的筋脉，都如常鲜艳，但已经凋落了。

人们能够认识的花有时是可以瓶插赏玩供养的花，黄槿来去迅速，它的美，顷刻凋零，不容有长久记忆。

有时候看王羲之的手帖，会无端想起初到南方的他，看到的是什么样的花？王羲之如果确切生在公元303年，那么，在311年永嘉之乱的时候他应该是九岁或十岁的孩子。

跟随在父母亲人后面，一大家子，匆匆忙忙，在战乱中从北方向南方逃难。这么大的孩子，在兵荒马乱的路途中，看到了什么？

沿途倒下去饿死、累死、被杀死或病死的人，随意挖了坑掩埋；或者，只是抓一些枯草稍稍遮掩，不多久就被饿慌了的野犬啃食拖走。

永嘉之乱，西晋政权瓦解，南下的游牧民族四处屠杀，动则数万人。

贵族士绅家庭向南逃亡，留在北方的祖先坟墓被毁坏，刨挖棺椁，盗劫财物珍宝，尸体随意丢弃。

王羲之的家族是北方豪族，他的伯父王导在战乱中辅佐晋元帝在南京建立政权，联合南方士族，稳定了局势。他们在北方的祖坟正是敌人一再毁坏荼毒的对象。

王羲之的《丧乱帖》里说的是——"先墓再离荼毒"，祖坟再一次被破坏蹂躏，"追惟酷甚，号慕摧绝，痛贯心肝，痛当奈何，奈何！"。

那是残酷到无法想象的年代，那是号啕大哭的年代，那是人性被摧毁绝望无告的年代，痛到心被贯穿，痛到肝被贯穿，痛，却无可奈何。

王羲之的手帖里重复用得最多的词句是"奈何奈何"。

战争、死亡、亲人的流离失所，生命的被践踏荼毒，大概可以想象自那以后，王羲之看到的、听到的、谈论的，都是死亡、灾难、哀祸。

他给朋友写信说："频有哀祸，悲摧切割，不能自胜。"

"手帖"像南方岁月里一则一则哀伤的故事，那么哀伤，因此他常常只是淡淡地写信问朋友——"卿佳不？"

你还好吗？

读着南朝的手帖，我还是在想：王羲之初到南方，看到的是什么样的花？

手帖　南朝岁月

附录

东坡

《临江仙》

夜饮

许多人问起庄严老师写的东坡《临江仙》。这件书法多年来悬挂在我的案前，纸已泛黄。

庄老师是爱喝酒的，印象中，每到他家上课都喝酒。

当时常去上课的地方有王壮为老师家，台静农老师家，俞大纲老师家，只有俞老师不饮酒，后来知道是因为他心脏不好。

王壮为老师的课在晚上，吃完晚饭后，喝点小酒好像理所当然。

王老师有外国学生，学生有一次从希腊寄来一包干果，外面是硬壳，白色微黄，有一点开口，里面果瓤土褐带绿色，入口极香，干、脆，适合配酒。

王老师说希腊文里这果子叫 Pistachio，我后来去了欧洲，知道就是"开心果"，南欧特别多，也有用盐蒜烘焙的，更适合下酒。

王壮为老师家里有收藏，也常有画商捎客带书画来请他鉴定。

有一次看的是唐寅的《仕女图》，画卷打开，王老师手不离酒杯，一面跟我们东聊西聊，谈起唐寅考试，考取了"解元"，考得不错，自己也得意，结果次年赴京会试，却因为刚好碰到科场舞弊，录取的举子都撤销资格，终身不得有功名，断送了唐寅一生的前程。

以后常常在唐寅的画上看到他的一方印"南京解元"，就想起这一段故事，一个落拓不羁的风流才子，好像一生能够回忆的最高学历就是那一场如梦似幻的"南京解元"。

王老师最后指着悬在墙壁上的《仕女图》说了评语，画商竖起大拇指说："高明！高明！"

王老师也不搭理，继续喝他的酒，跟我们说"开心果"配刚烈高粱的好处。我很怀念那些夜晚喝酒上课的时光，喝了酒，一定磨墨写字。我在一端拉着纸，看老师用笔，配合他的写字速度，把纸一寸一寸拉起，不能太急，也不能太慢。写完，端详一遍，准备用印。老师觉得我单名，不好落上款，要我取个号。我随口说"引冬"，老师问为什么是"引冬"，我说："生在冬至。"老师点头，就落了款。

"引冬"这号后来也没有再用，觉得古人字号太多，光一个徐渭，又是文长，又是青藤，又是天池，又是田水月，记起来够麻烦。决定还是单纯做自己的好，行不改名，坐不改姓，免了字号的繁难。

庄严老师的课在下午，午餐过后，已经开始喝酒。那时不流行葡萄酒，老师辈多喝高粱大曲，高亢刚烈，入口像一线火气，直逼杀下咽喉。肠胃一热，逆冲向鼻腔，眼耳都受震荡。酩酊酒酣，老师吟唱起东坡的《临江仙》——"夜饮东坡醒复醉，归来仿佛三更——"

酒入肺腑，常使人眉眼鼻端一股酸热，没有悲哀辛苦，却满眼都是泪。庄老师不鼓励替人鉴定字画，他教我们"书画品鉴"，第一节课就警告我们不要随便替别人看字画古董，看出是假的，也不要随便论断。他说了一个小故事：张大千仿伪手法极高明，有一次收藏家拿了一件石涛的作品给大千鉴定，大千一眼看出是自己仿的，但是二话不说，赞道："真迹！真迹！"还提笔加了题跋。

我不知道这故事真实与否，但是老师只是警告，说一件字画是假的，会闹出人命来。

"闹人命的事，不能不小心！"老师说。庄老师那时正教我们"书画品鉴"，一个老实的学生因此反驳："那学'书画品鉴'要干吗？"

老师咽下一口酒，很久很久才吁出一口气说："你心里知道是真是假，可以不说吗？"

庄严老师当时是台北故宫博物院副院长，他对"正"院长常常有微词。喝了酒就更不掩饰："某某人一生日，故宫就全挂出祝寿图。"故宫文物对某些人来说还是"私产"，派"管家"管"私产"，好像也天经地义，管家的心中只有"主人"，文物是不被当一回事的。

东坡

庄严老师喝了酒也写字，他写瘦金体，执笔很紧，笔笔出锋，笔锋尾端却不像宋徽宗那么刚硬锐利，少了帝王的富贵华丽，多了一分文人的飘逸潇洒。

庄老师写东坡《临江仙》做我毕业论文通过的礼物，那是1972 年 6 月，10 月我就去了法国，临行去庄老师家辞行，老师提起收藏在法国国家图书馆的欧阳询《化度寺碑》的宋拓本，

237

嘱咐我要去看一看。

庄老师北大毕业就进了故宫，他一生就带着这些文物东奔西走。中日战争期间，文物分从陆路、水陆避难到贵州。抗日战争结束，千里迢迢，文物装箱运回南京。正准备成立中央博物院，国共内战又起，文物再度装箱，运送台湾。这一批历经劫难的文物，最初在台中雾峰落脚，到二十世纪六十年代才在台北外双溪选址修建故宫博物院，逃过战乱的文物也似乎才暂时有了喘息安定的岁月。

庄老师常常自嘲是"白头宫女"，从青春正盛到满头白发，他的一生也就护守着故宫这些文物。有一次他跟我叙述文物迁徙中途，常有飞机掠过，低飞丢炸弹，他便心中默祷，祈求炸弹不要伤及文物，他说："紧张啊，一个炸弹可能就毁了一箱宋瓷，也可能毁了一箱宋画……"

我逐渐了解到，这一辈文人的文化信仰，他们不是为任何私人"护守"文物，而是相信每一件文物都有人类文明传承的意义。

庄老师的宿舍就在外双溪故宫博物院左侧，是我年轻时常常喜欢去的地方，觉得坐下来，看老师喝酒，无论谈天说地，闲聊，都有趣味，也都有长进。

我们都喜欢东坡，"东坡"这个名字是苏轼被下放黄州之后才有的。一个监牢里放出来的犯官，初到黄州，寄居寺院。后来朋友马正卿托人关说，把城东一片废营垒的荒芜坡地拨给苏轼，可以盖房子居住，可以种植一点瓜果菜蔬，饲养一些鸡鸭，以此维生，因此有了"东坡"这个名字。

有时候觉得，从牢狱出来，死去了一个苏轼，活过来一个东坡。

死去的那一个苏轼是自负的、精明的、计较的、钻牛角尖的，热心在政治上有表现的；而活过来的东坡是可以宽阔的、自在的，走在历史之外，走在山水之中，走在大江岸边，看大江东去，知道生命里还有比政治更重要的事，知道历史也只是已经翻过去的一页。个人的生命，迟早都会是被翻过去的那一页，因此可以少很多计较。

鼻息雷鸣

《临江仙》里我喜欢的句子是"家童鼻息已雷鸣，敲门都不应，倚杖听江声"。"鼻息"也就是熟睡以后打鼾的声音，家童打鼾，声大如雷鸣，这种描写，这种词语，一般诗人不常用，却是东坡诗的诙谐可爱之处，充满贴近生活世俗的活泼。

鄙俗有时候是好的，比狭窄的高雅好，尤其是落难时的鄙俗，在苍凉中有落实生活的喜气，不会流于穷酸自怨自怜的浮薄。

夜晚在东坡喝酒，东坡是一个地方，东坡也就是自己。

一生流离迁徙，原来总是在思念故乡的苏轼，到了黄州，安顿在城东坡地，也才领悟"此心安处是吾乡"。东坡，是偶然相遇的他乡，却也就是宿命里的故乡了。

下放黄州，在东坡这偏僻荒芜之处穷困潦倒，他人觉得苏轼落难了，却不知道他文学的生命才刚刚开始。

"敲门都不应"，如此白话，没有典故，没有复杂的字，平凡如日常口语，也因此那么像禅宗隐喻，处处有机锋。

敲了门，没有回应。

走投无门，回不了家，可能沮丧，可能愤怒，可能彷徨，可能自怨自艾。"敲门都不应，倚杖听江声"，敲门，没有响应，也可以因此有机缘倚靠着手杖，听大江东去的浩荡之声。

黄州的东坡，写《念奴娇》的东坡，写《赤壁赋》的东坡，写《寒食帖》的东坡，如临江之仙，随遇而安，给了人世间一种宽容与豁达的领悟。

此身

"长恨此身非我有，何时忘却营营。"

东坡的自我质问，也许应该是每一个人的自我质问。

这个身体好像是自己的，却又不是自己的。

一天二十四小时，有多少时间属于自己？

"此身"有可能真正属于自己所有吗？

这个身体，有时候为父母活着，有时候为丈夫、妻子活着，有时候为儿女活着；这个身体，有时候甚至是为公司主管活着，为股票、为房地产、为银行的存款活着，为不知道为什么总是丢不掉的许许多多牵挂纠缠活着。

什么时候可以忘掉这些营营的忙碌，可以回来做一个单纯的自己？老师们喝酒有一种悠闲，常把与自己年龄相差三四十岁的"小朋友"当作忘年之交。与台静农老师喝酒是最惬意的事，台老师青年时遭遇的政治上的恐惧在他的字里都看得出，他在喝酒时就放松了，回复本来的坦荡自在，大气、宽阔，也不失幽默。

台老师八十岁以后脑疾开刀，病愈之后，很担心写字受影响，一连临写了好几次东坡的《寒食帖》。

241

《寒食帖》像文人给自己的一次又一次考试，看手中的笔还能不能听自己使唤。这一支笔也就是"此身"，在通过一切艰难、困顿、折辱、剧痛、磨难之后，还要在"营营"的嘈杂喧哗里坚持回来做自己，留下如血如泪的墨迹。喝酒的忘年之交里最让我心痛难忘的是汪曾祺。

曾祺先生小个子，圆圆的娃娃脸，有江南人的秀雅斯文。但我总觉得他不快乐，连喝酒也不快乐。

1987年在爱荷华的国际写作计划，大陆作家同年有写《芙蓉镇》的古华，也有汪曾祺。《芙蓉镇》当时谢晋拍了电影，很红，但我来往多的是汪曾祺。

我跟汪是门对门，他写字画画，我也写字画画；他爱烹调，我也爱烹调，所以常常都不关门，隔着一道公众的走廊，串门子，硬是把西式公寓住成了中式的大杂院。

汪先生一大早就喝酒，娃娃脸通红，眯着细小的眼睛，哼两句戏，颠颠倒倒。他跟我说"文革"时，江青找他写样板戏，三不五时要进中南海报告，他就给自己取了一个官名"中南海行走"。

汪先生一醉了就眼泛泪光，不是哭，像是厌恨自己的孩子气的嗔怒。做政治人物的"行走"大概有许多委屈吧。

喝醉了，他把自己关在密闭房间里抽烟，一根一根接着抽，烟多到火灾警报器尖锐大叫，来了消防车，汪先生无辜如孩子，一再发誓："我没开火啊——"

我俯在他耳边悄悄说："等他们走了，我们把警报器拆了——"

我们真的拆了警报器，他因此很享受了一段狂酒狂烟热油爆炒麻辣的日子。最后一次见汪先生是在北京，朋友告诉我他喝酒喝到吐血，吐了血还是要喝。我决定不带酒去看他，他看我空手，跑进书房，拿了一瓶老包装的茅台，他说："这是沈从文老师送我的酒，四十年了，舍不得喝，今天，喝了——"

不多久曾祺先生肝疾过世，我拿出他送我的极空灵的"墨蝶"图斗方，自斟自饮了一回，祝祷他在另一个世界可以没有为政治"行走"的痛苦，也没有警报器"监视"的干扰。

此日披图重太息，何时归卧故乡山
庄严

庄严（1899—1980年），字尚严，号慕陵，又号六一翁，原籍江苏，后徙居北平。民国十三年（1924年）自北京大学毕业后，即进入"清室善后委员会"任事务员，负责点查清宫文物。民国二十二年（1933年）负责文物南迁押运，并于民国二十四年（1935年）随同文物赴英国展出。

1937年七七事变爆发后，他守护大批文物，追随国民政府播迁，辗转于鄂、湘、黔、川等省，于战火中间关万里，险象环生，竟历时十载。1949年后，又随院东渡台湾。在台北故宫博物院服务至1969年，以台北故宫博物院副院长身份退休。1980年因直肠癌病逝台北，享年八十二岁。

庄严先生著作等身，同时也是著名书法家、教育家、博物馆学家，书法二王，善写瘦金书，推重赵松雪，喜汉隶、魏晋石刻。其学术著作及回忆文章悉数收于《山堂清话》中。他自述平生有两大憾事：一是不能亲睹"三希"再次聚首，二是不能亲睹迁台文物重返故里。

长恨此身非我有，何时忘却营营
苏轼《临江仙》

夜归临皋

夜饮东坡醒复醉，

归来仿佛三更。

家童鼻息已雷鸣。

敲门都不应，倚杖听江声。

长恨此身非我有，

何时忘却营营。

夜阑风静縠纹平。

小舟从此逝，江海寄余生。

又

尊酒何人怀李白，

草堂遥指江东。

珠帘十里卷香风。

花开又花谢，离恨几千重。

轻舸渡江连夜到，

一时惊笑衰容。

语音犹自带吴侬。

夜阑对酒处，依旧梦魂中。

苏轼（1037—1101年），字子瞻，一字和仲，号东坡居士，眉州眉山（今属四川）人，北宋大文豪。诗、词、赋、散文，成就均极高，且善书画。其文与欧阳修并称"欧苏"；诗与黄庭坚并称"苏黄"，又与陆游并称"苏陆";词与辛弃疾并称"苏辛";书法名列"苏、黄、米、蔡"北宋四大书法家"宋四家"之一;其画则开创了湖州画派。

处世淡泊，顾盼有情
汪曾祺

汪曾祺（1920—1997年），江苏高邮人，中国现当代小说家、散文家、戏剧家，京派作家的代表人物。早年毕业于西南联大中国文学系，师从沈从文等名家，1940年开始发表小说、诗和散文。历任中学教员、北京市文联干部、《北京文艺》编辑、北京京剧团编剧。在短篇小说创作上颇有成就。著有小说集《邂逅集》《受戒》《晚饭花集》等，散文集《蒲桥集》《菰蒲深处》等，儿童小说集《羊舍的夜晚》，京剧剧本《范进中举》，改编剧本《沙家浜》（主要编者之一），文学评论集《晚翠文谈》等，泰半收录在《汪曾祺全集》中。被誉为"抒情的人道主义者，中国最后一个纯粹的文人，中国最后一个士大夫"。